쓰기 일기

일러두기

· 원고 말미에 기재된 'link'에는 내용과 연관되는 저자의 작품명 혹은 영감을 얻은
 대상을 적어두었습니다.
· 본문 내 사진은 저자가 필름 카메라로 촬영한 것입니다.

쓰기 일기

2 0 2 3   1   1
2 0 2 0   1   8
2 0 2 1   1   1 0
2 0 1 9   1   1 1
2 0 2 2   1   1 2
2 0 2 2   2   1 3
2 0 2 1   2   2 1
(2 0 2 3)   3   6
2 0 2 2   3   1 7
2 0 2 3   3   3 1
2 0 1 8   4   4
2 0 2 1   4   1 5
2 0 1 7   5   1 7
2 0 1 8   5   3 0
2 0 2 3   6   3
2 0 1 8   6   7
2 0 1 8   6   1 6
2 0 1 7   6   2 5
2 0 2 3   6   3 0
2 0 1 7   7   5
2 0 1 9   7   1 1
2 0 2 3   7   1 4
2 0 1 7   7   2 0
2 0 2 2   8   8
2 0 2 3   9   1
2 0 2 2   9   1 4
2 0 1 9   9   2 7
2 0 1 8   1 0   3
(2 0 1 7)   1 0   1 5
2 0 1 7   1 1   6
2 0 1 8   1 1   1 1
2 0 1 9   1 1   3 0
2 0 2 1   1 2   3
2 0 1 9   1 2   4
2 0 1 7   1 2   5

서윤후 산문집

샘터

"나는 이 편린들로 나의 잔해를 부축해왔다."

These fragments I have shored against my ruins.

—T. S. 엘리엇, 『황무지』

어릴 때부터 일기 쓰기를 좋아했다. 홀로 시간을 죽이는 방법으로 가장 탁월한 일이기도 했고, 내 은밀한 부분을 마주하고 주저 없이 적을 수 있다는 사실이 그랬다.

진짜 비밀이라고 한다면…… 실은 내가 쓴 일기를 누군가에게 들킬 수도 있다는 그 은밀함을 더 좋아했던 것 같다. 어긋나 있던 나의 작은 균형 한 부분을 일기에 빼곡하게 적었고, 누군가 그것을 몰래 읽은 적이 있었다. 그 친구는 내게 섣불리 아는 척하지 않았지만, 은연중에 나를 이해하고 있는 듯이 말하고 있었다. 이 세상에 오직 나만 알고 있어서 터질 것만 같던 비밀을 누군가 하나쯤 몰래 알고 있다는 사실이 꼭 나쁘지만은 않았다. 기울어져 있던 세계의 평행을 되찾은 듯한 홀가분함을 느끼기도 했으니, 일기 쓰기에 중독된 것은 우연이 아니다.

얼마 전 친구가 자신의 글방에서 내 시집을 읽고 이야기를 나누려 한다며 자신이 먼저 읽은 감상을 줄줄이 이야기해줄 때 꼭 그런 기분을 느꼈다. 일기장을 찾아준 사람이, 그것을 미리 읽어본 것 같다는 생각. 수치심으로 얼굴이 붉어져오기도 했지만, 내심 시에게로 향했던 어떤 진실을 누군가 하나쯤 알아주고 있다는 것이 좋기도 했다. 내가 쓴 시에 대해 타인의 이야기를 듣는 것은 무척 멋쩍은 일이기도 하다.

그러나 이상하리만치 들키고 싶은 마음이 저물지 않고 남아 있다는 것도 희한한 일이 아닐 수 없다.

'쓰기 일기'라는 이름으로 여기에 적힌 글들은 모두 그런 마음으로 적었다. 누군가가 읽어줄 수도 있을 거라는 독백의 반칙처럼. 어떤 글은 블로그에 발행하기도 했고, 어떤 글은 라디오에서 읽어주었으며, 어떤 글은 끝끝내 혼자 읽으려고 잠가두었던 것이기도 하다. 그러나 이번 순서에서는 나의 은밀한 것을 들키고 싶다는 마음보다도, 쓰기에 몰두했던 나날들에 대한 기록이 누군가의 쓰고 읽는 일에 닿았으면 하는 마음이 컸다. 쓰는 시간에 오롯이 혼자가 되는 일은 자신을 다 잃어버릴 각오를 하고 자신에게로 다가서는 일이기 때문이다. 비밀을 들켜서라도 닿는 순간이 되고 싶었다.

이 중얼거림 사이에는 내 삶의 풍경과 쓰기에 혼신을 다한 뒤의 심심한 독백이 담겨 있다. 어디에도 맺히지 못하고 떠도는 물방울 같기도 하고, 만져지지 않는 입김으로 내 뜨거움을 꺼내는 일이기도 하다. 쓰는 내가 어떤 순간에 완성되지 못했는지, 어떤 시간에 영원히 열리게 되었으며, 또 어떤 장면에서 혼자를 잃어버리지 않으려고 안간힘을 썼는지, 그 과정의 증명이 필요했다. 불꽃들이 지펴진 자리 뒤로 남아 있는 잔불의 마음으로 살아가야 할 시간이 더 많기 때문이다. 이 작은 불꽃들에 관한 보고서를 들키고 싶은 어둠 하나쯤 켜두고 살아가는 이들에게 전하고 싶다. 어색한 따뜻함을, 어두운 맑음을, 같이 있고 싶은 혼자를……. 이렇게 일그러진 자화상에서 만난 눈과 코와 입처럼, 우리가 이 책에서 만났다는 사실이 한 시절의 표정이 되어가리라 굳게 믿는다.

　『쓰기 일기』가 세상에 나올 수 있도록, 다정하고 세심한 기다림으로 늘 마중 나와 있던 이은주 편집자에게 각별한 마음을 전한다. 언제나 내게 투명한 어깨동무를 빌려주는 손문경 대표님께도, 이 자리를 빌려 들키고 싶었던 고마움을 전하고 싶다.

2024년 3월 초봄

차례

들어가며

쓰기 일기 | 2017~2023

쓰기 일기

2017~2023

1月
손님처럼 새날과 새 시대와 새 사람은 오지 않았지만
머물렀던 자리를 분주하게 만진다.
내가 여기에 있었지, 여기서 다시 시작해야겠지,
실감하는 날들의 새 이름으로.

2023년 1월 1일: 가장 성실한 얼굴로

연말의 떠들썩함은 온데간데없고, 새해 첫날은
두서없이 마음만 분주하다. 이럴 때일수록 고요하게
보내는 것이 좋겠다고 싶어 평소 쉬는 날에 하던 일을 했다.
메모장을 열어 적어두었던 문장을 컴퓨터로 옮겨오는 일.
떡국에 넣을 떡도 사러 가야 하고, 당장 마감해야 하는 급한
원고도 코앞이지만 정작 시키지 않은 일로 새해를 시작했다.
졸린 눈을 비비며 커피를 내리고, 고양이의 밥그릇과
물그릇을 헹구고, 컴퓨터 앞에 앉아 메모했던 문장을
데려오는 데 오전을 다 보냈다. 작년의 문장을 올해의
여백에 옮기며 지나온 시간을 실감하기도 했다.

이 메모들이 시가 되리라 짐작하면서부터 오래전부터
생각해둔 제목이 있었다. 사람들은 나에 대해 성실하다는
말을 자주 건넨다. 너는 참 성실해, 어쩜 그렇게 부지런해?
성실함 빼면 시체라는 말. 나는 멋쩍게 웃으면서 그런가?
하고 뒤통수를 긁으며 그 말의 진의를 생각하다 발이 푹
빠진다. 나는 그냥 한 것일 뿐인데, 평소처럼 시키지 않은
일을 하고, 시키는 일을 했던 것뿐이다. 이제 내게 남은 것은
성실함을 있는 힘껏 의심해보는 일일까?

한 편의 시가 되려고 작년 10월부터 촘촘하게 적어둔
문장들이다. 탐정가가 되어 문장의 부스러기를 주어다가
그때의 심정을 들여다보고, 하나의 형태로 엉성히나마
완성하면 그건 가장 성실한 얼굴이 된다. 뿌옇게 흰빛을
내뿜는 모니터 앞에서 나는 얼룩이 잔뜩 묻은 안경을 고쳐

쓰면서 내가 시키는 일을 하기 시작한다.

성실함을 빌미로 내게 "쟤는 내버려둬도 잘 살 거야. 알아서 잘하잖아." 같은 애매한 칭찬을 했던 사람도 있었다. 그 말들이 나를 혼자 내버려둘수록 나는 더욱더 성실해져 갈 수밖에 없었다. 그래도 무언가에 크게 쫓기지 않고 내 몫의 문장을 떠올리고, 덜어내고, 시의 미로를 살펴 갈 수 있는 이 한적한 아침이 좋았다. 올해에는 이런 시간이 많았으면 좋겠다고 생각했다.

식당에 가면 무의식적으로 메뉴판에서 가장 작게 적혀 있는 글씨를 읽는다. 음료수나 공깃밥처럼 단출한 사이드 메뉴가 보통 적혀 있는데, 거기에서 고르는 것들이 제법 있다. 작아서 거의 보이지 않는, 읽지 않아도 있으리라 짐작하는 마음으로 작게 적혀 있는 것들을 지나치는 걸 참지 못했다. 내 시도 그런 일이면 좋겠다고 생각이 드는 것이다. 막상 없으면 찾게 되는 것들이면서 동시에, 커다란 구성들 사이에서 작은 힘으로 주춧돌이 되는 작은 글씨의 시들.

떡국을 끓였는데 맛있게 잘 되어서, 이것이 올해의 운세라 짐작해버리곤 웃었다. 동생과 나눠 먹으며 우리 집 고양이를 포함한 삼 형제의 건강과 평온을 빌었다. 시키는 일도 곧잘 하지만 시키지 않는 일도 하면서 성실하자고. 성실함은 언제나 맞추기 좋은 과녁처럼 뒷모습을 구성하지만, 자신이 가던 길을 돌아보지 않고 홀연히 걸어 나가는 그 등을 성실함의 표정처럼 입자고. 그런 말은 홀로 생각했다. 아침에 옮긴 시 초고의 제목은 '가장 성실한 얼굴로'. 내가 머무르고 싶기도 하면서 동시에 떠나고 싶은 장소가 하나의 얼굴에 맺혀 있다는 일이 좋다.

나의 하역장엔 오랫동안 정차되어 있던 트럭에 짐을 싣는 사람도, 짐을 내리는 사람도 모두 같은 색의 작업복을 입고 있다.

link 시 「가장 성실한 얼굴로」(《포에트리 슬램》 2023년 가을호)

2020년 1월 8일: 거의 모든 방지

삶의 거의 모든 시간이 어떤 상황을 방지하는 데 쓰이고 있는 것 같다. 슬픔 방지, 위험 방지, 도난 방지, 재난 방지, 철가루 방지, 충돌 방지……. 작년에 이어 올해도, 내가 벌이지 않은 곳에서 크나큰 슬픔이 찾아왔다. 피칸 파이를 먹다가 엉엉 울거나, 야반도주하듯 짐을 싸서 도망가거나, 인형에 송곳을 박는 일 같은 것은 하지 않지만 그건 틀림없이 큰 슬픔이었다. 누군가에게는 나의 일들을 간략하게 말하고, 누군가에게는 나의 일들을 내가 아는 것보다 더 상세히 말한다. 누군가에게는 아무것도 말하지 않으며, 그사이 슬픔을 적극적으로 다루면서 나는 점점 아무 일도 없는 사람이 된다.

아주 잠깐 나는 무엇이 되었나, 이런 생각을 했다. 사고 싶은 게 뭔지, 갖고 싶은 게 뭔지, 들끓고 싶은지, 차게 식어가고 싶은지, 기록되고 싶은지, 지우고 싶은지, 버스 정거장 네 개쯤을 빠른 걸음으로 산책했다. 정말 애매하구나, 정말이지 누가 무엇을 하려고 하는지 알 수 없는 형태로 완성도 미완성도 아닌 어디쯤에서 나는 삶의 완벽함을 말하고 싶어 하는구나. 너무 일찍 말하게 되는 것과 말하기엔 이미 늦은 것 사이에 있다. 이십 대에도 어떤 사이에 있지 않았나. 사이에서 벗어날 수 없는 것이 운명이로구나, 틈과 곁과 사이와 행간에서 독개구리처럼 부풀어 오르고 싶어 하다니, 비좁아서 살아낼수록 천장과 바닥을 동시에 곤두박질칠 수밖에 없구나, 하고는.

어떤 친구가 문을 닫으며 나올 때, 다 울고 나와, 하는
말을 들은 적 있었다. 방 안에선 훌쩍거리는 소리, 티슈
뽑는 소리, 손톱으로 핸드폰 액정을 무심히 두드리는 소리,
그러다가 문득 모든 소리가 멎고, 한참 후에 문고리를 돌려
나온다. 다 울었어? 하면 또 뭔가가 시작될 것 같아서 먹던
과자 봉지를 내민다. 그 반짝거리고 부스럭거리는 과자 봉지
속으로 울던 친구의 손목이 들어갈 때 나는 좋은 끝남을
느꼈다. 끝나기 위해선 준비가 필요하다. 끝내기 위해서도.
끝을 선물하기 위해서도. 내게 지금 그것이 필요한데,
아무것도 하지 말라고 한다. 끝난 적 없이 끝나길 바라기만
하는 일들이 영영 내 안에 살아가게 된다는 것은, 주인 없는
무덤을 갖는 일과 다르지 않다. 공원 입구에, 산책로 주변에,
의아해하면서 어딘가 모르게 겸연쩍은 얼굴을 하고 싶지
않다.
　　너는 무엇을 있는 힘껏 막아내고 있어? 하고 묻는다면
끝나지 않는 것을 방지하고 있어, 끝날 때 모두가 고개 숙여
인사를 하고 끝났음을 알리는 쓸쓸함을 나눠 갖고 싶어,
하고 말할 것이다.

2021년 1월 10일: 매복과 김밥

마음이 어수선하고 좋지 않은 날엔 김밥을 말아서
김밥이 다 사라질 때까지 먹는다. 점심부터 저녁까지,
그다음 날로 넘어가기도 한다. 일부러 손이 많이 가는
것들을 한다. 정신이 어디엔가 팔리도록 나 스스로 속임수를
쓰면 잠깐은 홀가분하고 이후 다시 내내 헛헛하다. 근래에는
나의 약점이라고 할 수 있는 것들을 많이 알게 된 일들이
있었다. 약점을 알게 된 사람이 스스로 손쓸 수 없을
때부터는 입이 가장 먼저 닫힌다. 눈은 점점 멀고, 어쩌면
쓰게 되는 것들은 더 많아지겠지. 도처에 기쁨이나 슬픔이
도사리고 있을 때, 그 어떤 것도 지나치고 싶어 한다. 그게
무엇이 되었든. 그럴 때 찾아오는 공허함의 공중은 높고,
무서울 수도 없을 정도로 아득하다.

새해에 계속 붙잡고 있는 일은 일기를 쓰는 것이다.
양장 노트를 샀고, 매일 조금이라도 그날의 기록을
적는다. 나에게 온 것들을 허투루 보지 않으면 좋은 점도
많다. 반성은 일기 안에서만 한다. 반성하지 않아도 된다.
드러나는 말들을 모두 퍼붓고, 그것을 꼭꼭 숨길 수 있다는
것은 내가 나의 약점을 다루는 방식 중 하나다. 일기를 쓰는
재미일 것이고. 오늘은 특별하게 김밥에 치즈를 넣었다.
이유는 없었다.

최근에 알베르 카뮈와 에밀 시오랑의 글들을 읽고 있다.
호흡이 짧지만 던지는 맥락이 깊어 고요한 웅덩이를 깨트릴
책들이다. 시도 조금 읽고 있는데 눈에 잘 들어오지 않는다.

언제부터인가 시집을 읽을 때 자주 실패를 경험한다. 대신 이메일로 도착한 수강생의 시들을 읽었다. 내게는 훌륭한 독서다. 나는 그들에게 어떤 말들을 전해야 하므로, 더 많은 미로 속에 진입해 그것들을 읽는다. 내 안에서 감상이 끝나버리는 시들은 그렇게 읽지 못한다. 시 읽는 재미를 다시 찾을 수 있을까, 올해에는.

어제는 아주 늦게 잤고, 자기 전에 암막 커튼을 쳤다. 오늘 충분히 늦게 일어났다. 덕분에 푹 잤다. 잠깐 지워진 세상 속에 사는 듯했다. 뱀의 목을 쥐고 무서워하는 꿈을 꿨다. 그것을 꽉 잡고 있었다. 뱀은 파랗고 노랗고, 알록달록한 색을 가지고 있었다. 김밥을 말기 전에 꿈 해몽을 검색했는데, 뱀 색깔이 화려하면 길몽이라고 한다.

며칠 전 눈이 펑펑 내리던 날, 동생과 장갑을 끼고 만들었던 눈사람이 다 녹아 사라져가고 있었다. 커다란 머리통 하나만 덩그러니 남아 있고 그 위로 겨울 햇살이 쏟아지고 있었다. 아무런 생각이 들지 않았다. 함께 누그러지는 것이기 때문이다. 받지 못할 인사를 하는 것은 슬픈 일이다.

약점을 쉽게 들키지 않도록 조심하는 것이 누군가에게는 알다가도 모를 일처럼 보일 수도 있겠다. 그것이 진심을 의심하는 일이 되는 것도 나의 몫이겠지. 하지만 어쩔 수가 없어. 숨기고자 하는 마음 또한 내 것이다. 들켜버리면 더 이상 갖지 않을 마음이지만, 간직하고 있을 때 그것이 좋든 나쁘든 내 것이다. 오늘 마감하려고 쓴

시의 제목을 '매복'으로 고쳤다. 이것이 지금 나를 가장 잘
설명하는 단어이기 때문이다.

link 시 「매복」(시집 『무한한 밤 홀로 미러볼 켜네』 2021, 문학동네)

2019년 1월 11일: 결

쓰기의 나날로 보낸 시간에는 '결'이 남는다. 사전적
의미로는 "나무, 돌, 살갗 따위에서 조직의 굳고 무른 부분이
모여 일정하게 켜를 지으면서 짜인 바탕의 상태나 무늬"를
뜻한다. 사건이나 추억에 마디를 갖는 시간이 아니라,
쓰기의 나날로 붙잡아둔 것, 그 속에서도 계속 놓치게 되는
것들로 엮은 일종의 시간의 짜임이다. 오래된 스웨터처럼
쓰기의 날들은 따뜻하게 나를 보온하기도 했다. 때로는
무덥고 성가시기도 해서 훌러덩 벗어던지고 싶었다. 시간에
결이 생기면 그것은 피부처럼 가까워지게 되는 바람에 나는
그만두지 못했다. 그만둘 용기도 없다.

2022년 1월 12일: 미도착

새해가 밝았고, 새사람은 없었으며 나는 여전히 살아 있다. '이윽고', '기필코' 같은 부사가 내 시절을 접합하며 나를 지나간 시간과 이어지게 한다. 새해에는 조금 분주하고 다난한 일들이 있었기 때문에, 나는 그때마다 내가 꺼안은 상처나 각인된 이야기들을 간직하게 되었다. 그러나 막상 떠올려보면 나쁘지만은 않은 일들. 나를 존중하는 일을 그렇게 시작한다. 나를 위험에 빠뜨리고, 그런 나를 돕는 것도 나여야 한다는 원칙은 새해에도 변함이 없다.

새해에 처음으로 쓰고 마감한 시 제목은 '미도착'. 나는 제목을 가장 먼저 짓는다. 어떤 단어나 문장에 겹겹이 쌓여 있는 것들을 둘러보면서 시를 시작하는 경우다. 오늘 쓴 시는 양생 중인 바닥에 찍혀 있는 누군가의 발자국을 보며 시작한 시다. 그것을 보고 도착하지 않은 상태를 나타내는 말을 떠올리다가 정하게 되었다. 나는 어쩌면 영영 떠날 수 없는 곳에 와버린 것만 같다. 이때 도착에 기인하는 불안은, 도착하지 못하면서 벌어지는 불안과 다르다. 안정감과 절망감을 동시에 느끼며, 평생 균형이라는 숙제를 안고 살게 된 것 같기도 하다. 그 양면의 배합이 보여주는 풍경을 탐구하고, 말 없는 것들에게 귀를 내어주고, 쉴 새 없이 떠드는 것들에겐 그만 좀 말하라고 찡그린 미간을 그려 넣어주는 시. 내가 내 세계의 소음을 조율하고, 음악을 방생하는 중심에 있었으면 해서였다. 그로부터 내가 가진 흉터를 정의 내릴 수 있다면, 이윽고, 기필코 좋아지게 될 것.

이미 쓴 시에 대해서 계속 중얼거리는 것은 좋은 징조가 아닌데, 오래된 문 앞에 입춘첩을 붙여놓듯이 오늘 쓴 시를 출력해 책상 위에 두었다. 오는 아침이 검토할 수 있도록, 출발을 재촉할 수 있도록.

link 시 「미도착」(《시산맥》 2022년 봄호)

2023년 1월 18일: 독수리 다방에서

외부에서 강의한 지도 벌써 7년이나 되었다. 남는 게 무엇인지 장사꾼처럼 생각해보니 딱히 그런 것도 없었다. 그러면서 왜 수업을 계속해 왔는지 헤아리면 아무래도 사람 때문이 아니었을까 싶다. 우연히 언덕에서 마주한 무성한 들꽃을 보듯이, 내가 선택한 적 없이 만나게 된 풍경 속의 사람들을 한 시절의 들꽃이나 이름 모를 향기 정도로 생각하며, 그것을 지나며 시간에게 이름을 지어주는 일이나 다름없었으니까 중독이었을지도.

시를 쓰면서 겪었던 일종의 외로움을 조금은 나누고 싶었다. 나도 그것을 나눌 수 있는 친구가 있었기 때문에 그 외로움이 나를 좀먹게 두지 않을 수 있었다. 시를 매개로 키만큼 자라나 있는 담벼락을 나눠 쓰며 까치발을 들고 담 너머의 세계를 응원하는 사이라면 조금 비약일까.

오늘은 그 담벼락을 떠나지 않고 오랫동안 남아 있던 친구들을 만나는 날이었다. 나는 여러 수업에서 만난 사람들 가운데 마음이 통하고 진심을 나누었던 사람들을 기억하고는, 그 사람들을 모아 작은 모임을 만들었다. 처음에는 이따금 시 이야기를 하면서 수다나 떨고 싶었는데 한 달에 한 번씩 느슨하게 만나 시를 합평하기로 했다. 물론 나 역시 시를 써서 합평을 받기로 했다. 대학생 때도 나는 제대로 된 합평을 받아본 적이 없었다. 대학생이 되면서 곧바로 등단해서 그랬는지 교수님들은 내 합평 차례 때 전력을 다해 이야기해주지 않았다. 그냥 넘어가는 날도 있었고, 어떤 날엔 따로 불러 이야기를 해주기도 했다.
처음에는 그게 몹시 서운하였는데 그들이 내게 해줄 수
있는 배려였던 것 같기도 하다. 그때의 합평이 외로움을
수리하는 데 쓸 수 있었던 시간이라고 생각하면 아쉬움이
남다가도, 지금 생각해보면 그 마음 때문에 사람들의 시를
더 열성적으로 읽게 된 것 같기도 하다.

　　존댓말도 쓰는 어색한 사이가 섞여 있지만 친근하고
다정하게 사람들의 이름을 부르며 그들이 써온 시를
생각하는 시간이 좋다. 등단이나 상을 받는 일을 목전에
두고 벌이는 합평 모임이 아니라, 각자가 홀로 걸어온
어두컴컴한 복도를 다시 각자의 어둠으로 밝혀주는 일을
하기 때문에. 사람들이 시를 어떻게 읽고 말해줄지 모처럼
떨리는 시간이었다. 대학교 강의실처럼 시가 출력된 종이
여백에 이것저것을 메모하고, 낙서도 빼놓지 않았다.

　　저녁도 먹지 않고 밤 열한 시가 가까워져서야 우리는
헤어졌다. 시간 가는 줄 모르고 있었다는 말을 모처럼
실감할 수 있었다. 가방에서 때 이른 생일 선물을 꺼내어
주는 사람, 자신의 경험을 데려와 누군가의 경험이 될
날들을 이야기해주는 사람, 모자와 안경을 여러 번 고쳐
쓰며 계속해서 시에 진입하는 사람, 우리는 언젠가 같은
담벼락에 등을 기대고 서서 저 너머에 누군가가 있으리라는
생각을 해본 적 있었을 것이다.

　　친구도 아니고 그렇다고 선생과 제자는 더더욱
아니면서 어색한 호칭을 부르며 가장 긴밀한 안쪽을

꺼내어 쓴 시를 읽는 사이. 헤어질 때는 열심히 손을 흔들어 인사하고, 택시에 탄 내가 시야에서 사라질 때까지 뒤에서 바라봐주는 사람들. 누군가의 시 안쪽을 다녀오면 꼭 좋은 친구가 된 것 같은 착각이 들기도 한다. 그런 우정을 아주 오래전부터 알고 있었던 것인지도 모르겠다.

link 대일, 진양, 해수, 병현에게.

2023년 1월 25일: 슈톨렌의 여름방학

　해마다 블로그 이름을 바꾼다. 전구를 갈아 끼우는
기분으로. 단어나 문장으로 구성된 블로그 이름대로 한
해의 운세가 될 것 같은 예감이 든다. 올해에는 '슈톨렌의
여름방학'이라고 정했다. 한 해가 가지는 큰 의미에
비해서는 굉장히 단순하고 즉흥적으로 정하는 편이다.
블로그 이름을 바꾸는 탭에 들어가서 그때 떠오르는 것을
무심코 적고는 그 이름과 함께 한 해를 부대끼며 보내게
된다.

　이름을 바꾸고 나니, 평소와 다르게 몇몇 사람들이 무슨
뜻인지 물어오기 시작했다. 그땐 특별한 이유를 꼽아 말하지
않았는데, 한 낭독회 행사에서 독자가 내게 구체적으로
질문을 한 적이 있어 왜 그 이름을 정했는지 곰곰 생각했다.
생각해보니 하나의 작은 사건이 있었다.

　회사에서 연말에 열흘간 겨울방학을 준다. 방학을
앞두고 회사에 찾아온 시인이 슈톨렌을 선물로 주고 갔다.
"크리스마스를 기다리며 한 조각씩 먹는 빵이에요."

　시인의 사려 깊은 빵 선물 덕분에, 열흘간의 겨울방학이
더욱 기다려졌다. 매일 빵을 조금씩 나눠 먹으며 안식의
날들을 셈해보리라 다짐했다. 드디어 방학이 되는 날
그 빵을 가방에 넣고 집에 돌아갔는데, 방학이 되어서
출근하지 않게 되자 가방 멜 일이 없어진 나는 그 빵을
그만 까마득하게 잊고 말았다. 새해가 되어서 다시 출근을
앞두었을 때 알게 되었다. 곤히 잠들어 있던 슈톨렌에게

몹시 답답하고 더웠을 가방 안의 공기와 따뜻한 바닥에
익어버린 눅진함을 안타까워하며 또 아쉬워하며 그제야
빵을 서늘한 곳에 두었다. 오래 두고 먹을 수 있다는 빵에
담긴 의미가 무색하게 기다림 없이 조각들을 세어보았다.
빵을 건네준 시인에게 너무 미안한 일이라서 그 일화를 나
혼자만 알고 있어야지 싶다가 '슈톨렌의 여름방학'이라는
말을 생각하게 되었다.

　어쩌면 나는 그 이름을 선물 받은 것만 같았다.

2月
공중 속에서도 난기류를 꿈꾼다. 이대로 끝날 수는 없어.
시작의 한 뼘을 딛고 반복으로 점철된 생활과 실랑이를 하게 된다.
난기류를 좋아해?

2022년 2월 13일: 느슨한 공동체

오늘은 여러 시인이 모여 함께 쓴 책에 대해 이야기하는 행사가 있었다. 행사 뒤에 다른 장소에서 열리는 또 다른 행사가 있어서 마음이 분주하고 산만한 상태였다. 이 책을 담당한 편집자가 사회를 보고, 여러 필자가 참여한 가운데 나를 포함한 세 명의 시인이 연사로 나서게 되었다. 50여 명이 들어서는 커다란 규모의 행사였다. 행사 전에는 어색한 탓에 반복의 왕이 된다. 페트병을 구겼다 폈다, 병뚜껑을 닫았다 열었다, 분주히 핸드크림 바르기를 반복하며 사람들과 형식적이면서도 구체적인 일상 이야기를 나누었다. 함께 만난 시인들은 처음 본 사이가 아니지만, 그렇다고 잘 아는 것도 아니었다. 예전에는 낯가림이 무척 심해서, 잘 모르는 사람에 대해 생기는 어떤 불신과 경계심을 늦추지 않는데 시간이 지나고 보니 이렇게라도 계속 만날 수 있어서 다행이라는 생각이 든다. 그 마음을 지니고 있으면 오랜만에 만나도 반갑게 되었다.

편집자 선생님은 처음 만나는 것이라서, 이메일로 나누었던 다정하고 따뜻한 온기가 실제로 만났을 때는 쭈뼛거림으로 돌변해 있었다. 물론 예전에는 이런 내 모습을 의심하고 부끄러워했다면 지금은 어쩔 수 없는 내 성정이라고 생각한다. 그래도 조금씩 어색함을 갉아먹는 대화와 미소를 나누면서 행사 시간까지 무사히 기다리기만 하면 되었다.

소설을 주로 편집했다는 편집자 선생님은, 세 명의

시인을 보고는 이런 질문을 했다. "시인들끼리는 서로
친한 것 같아요. 친밀감이랄까. 서로 잘 도와주고, 마음을
써주는 것 같다는 생각이 들어요." 어색함에 몸부림치고
있었으므로, 당장 **아니요!** 하고 대답을 하고 싶었지만, 그
질문의 속뜻을 곰곰 생각해보니 일리가 있는 말이었다.
잘 모르더라도 지면에서 계속 만나왔다는 것 때문인지
내적으로 갖게 된 친밀감으로 본 적 없는 시인의 안부를
궁금해하고, 어려운 일이 생겼다는 소식을 듣게 되면 도움을
줄 수 없을까 생각해본 일이 있기 때문이었다. 그러면서
자연스럽게 시인들이 갖는 연대감에 대한 이야기로
넘어왔다. 시인 당사자들이 약간 어리둥절하며 혼란스러운
표정을 짓고 있자 편집자 선생님은 시인들의 연대감을
'느슨한 공동체'라고 고쳐 표현했다. 느슨하다는 말을
들으니, 마음 한구석이 정말 느슨해지는 것 같아서 끄덕일
수 있었다.

　　시인이 가난하고 불쌍해서 서로를 돕는 게 아니라
혼자서 시를 쓰거나 작업할 때, 홀로 자신의 가장 깊숙한
곳에 다녀오는 일을 하는 사람이라서 그런 것 같다고
생각했다. 여느 작가들도 마찬가지겠지만. 그 외로움의
내용을 나눌 수는 없지만, 그 입장이 되어보는 형식의
측면은 잘 알고 있으니까. 마치 작은 마을에서 이웃집
누군가의 안부가 입에서 입으로 전해지며 또 다른 안부를
깨우듯이.

　　행사가 끝나고 곧이어 다른 행사가 있어서 먼저 그

자리를 빠져나왔다. 시인들은 정신없이 책에 서명을 하고 있었다. 저 먼저 갈게요, 잘 지내고 있어요. 하고 행사장을 빠져나왔다. 또 만나자는 약속 없이도, 만나고 있는 기분을 간직할 수 있는 것은 사람이 아니라 시를 알고 있어서, 시를 읽고 있어서 그런 게 아닐까. 좋은 자리에서 또 만나자, 는 시인들의 단골 멘트가 처음에는 구체적이지 않아서 헤어짐과 다를 바 없다고 생각했는데 정말 계속해서 만나고 있다.

그런데 그건 뭐지. 뭐라고 해야 하지. 그래봤자 시인데. 시가 남기고 가는 것은 무엇이지? 한 번도 본 적 없는데 보고 싶은 얼굴들이 떠오르기도 했다.

2021년 2월 21일: 쇄신

지금보다 더 어렸을 땐 나를 소진하기 위해 안달 나 있었다. 내가 쓰는 것들의 무용함을 반증하기 위해서라도. 아무렇게나 썼고 그것이 좋았다. 나를 남김없이 소진하는 것. 무엇이든 쓰면 그것은 부피가 되었다. 내가 이렇게 남겨져 있구나, 여기저기에 묻어 있구나 하면서 나를 방탕하게 소진하고는 또 금세 채워지는 것이 있었다. 그것을 나의 속도라고 여겼다.

최근에는 퇴근 후 이것저것 할 일을 다 끝내고 나면 저녁에 삼십 분 정도의 시간이 난다. 그것을 알뜰하게 쓰고 싶다가도 아무것도 하지 않은 채로 보내기도 한다. 무엇을 해야 할 것 같은 강박은 아주 오래전부터 있었다. 무엇을 하지 않아도 좋다고 허락한 것은 얼마 되지 않았지만 그것이 아직도 이로운 방식은 아니라고 느껴진다. 책을 읽을 때마다 책이 무척 시끄럽다고 생각되면 독서를 멈추게 된다. 무언가를 쓰려고 하면 어딘가 꽉 막힌 사람처럼 머뭇거리게 된다. 무기력하게 나를 용서하고, 나를 꾸짖고, 나를 거역하다가 나는 방향을 잃고 빙글빙글 돈다. 어지러움을 이해하기 위해서가 아니라, 할 수 있는 일이 몸부림밖에 없을 때는, 나를 잠깐 그만두게 된다.

요즘은 하루하루를 사는 것도 안간힘이 필요하다. 살아남는 것, 순간의 욕망이나 감정을 들키지 않고 살아내는 것. 그런 것에 골똘하다 보니까 쓸데없는 것들이 내 삶에서 자주 사라져간다. 사실 그것들이 보여주는 허깨비가 재미있다. 그것들에 부축을 받으며 기대어가는 면도 있는데, 정말이지 지금은 해야 할 일만 남겨져 있고, 그것을 해야만 하는 사람이 머물러 있는 독백의 현장이다. 어둠이 깔린 관객석엔 아무도 없는 것 같다가도 불을 켜면 숨죽여 지켜보고 있던 사람들이 야유를 보낼 것만 같다.

나는 사람들을 날씨처럼 이해한다. 그래서 타인의 기분에 쉽게 휘말리고 타인의 느낌에 예민해진다. 외부에서 오는 것들의 방패를 짓다가 방패 뒤에 숨은 작은 나를 본다. 내가 아니라는 듯, 나일 수가 없다는 듯 부정하면 내 삶은 남아 있는 것이 없다. 그런 삶도 좋은가? 무언가를 열심히 하고 있지만, 아무것도 되어가지 않을 때의 처참함을 방패 뒤에 숨은 작은 내 표정에서 본다. 꿈에서는 그런 힌트를 주워 온다.

지금은 소진되지 않으려고 애쓴다. 아끼는 것이 많아지고 주머니는 흔들리는데 이렇게 위축된 나를, 쥔 것 없이 주먹을 꽉 쥐고 있는 것을 어떻게 이해해야 할지 모르겠다. 누군가를 만날 때, 밖에서 밥을 먹을 때, 기침하는 사람을 지나칠 때마다 소스라치게 커지는 의심은 너무나도 쉽게 슬픔으로 온다. 젖은 티슈처럼 바닥에 달라붙어서는 아무도 모르게 말라간다.

그래서 사람들이 잘 지내는지 궁금하다. 안부와 소식의 차원에서가 아니라 이 세상에 존재하는 방식으로서의 궁금함. 나는 내가 잘하고 있을 때보다 방식이 조금 잘못되었다고 생각이 들 때 더 큰 확신을 갖는다. 그러면

그다음으로 갈 수 있다. 인정하는 동안에만 나는 많은 것을
정확히 볼 수 있게 된다. 슬픔이 길러낸 시력으로, 본다. 쓰고
싶다는 마음보다 써야 한다는 마음이 너무 커서 짓이겨진다.
무엇이 나를 밟고 갔는지 보기 위해서는 일어날 수밖에
없겠지.

3月
별안간 봄밤 중에, 흰 새 떼가 정처를 잃고
텅 빈 나무에 앉아 있는 것을 보았다.
막 피어나려는 목련인 줄도 모르고.

2023년 3월 6일: 안녕 뒤에 느낌표를 적을까 물음표를 띄울까

폴란드 시인 비스와바 쉼보르스카의 시 「이혼」에서는, 화자가 이혼으로 인해 새롭게 뒤바뀌는 상황들을 담담하게 이야기한다. 예를 들어, 헤어지게 된 두 사람의 이름을 나란히 쓸 때, "접속사 '그리고'로 연결해야 하는지, 아니면 두 이름을 분리하기 위해 마침표를 사용해야 하는지" 헷갈려 하는 시의 마지막 구절이 그렇다. 어떤 문장 부호를 덧붙이느냐에 따라서 말의 뉘앙스는 하늘과 땅을 뒤바꾸기도 하기 때문일 것이다.

얼마 전, 결혼 생활을 시작하면서부터 독일로 떠난 초등학교 친구를 2년 만에 다시 만났다. 나는 친구와 함께 서울에 올라와 대학 생활을 하며 각자 마주하게 된 서울이라는 생경한 도시 풍경을 자주 나누었다. 서로 기대었던 흔적은 서로 살아가는 주소지가 달라진 요즘에서야 자주 실감하게 되는데, 이렇게 서로 먼 길을 돌아 만날 때마다 할 이야기는 끝없이 이어지게 된다. 나는 촌스럽게 친구를 위해 반찬이 많이 나오는 한정식 식당을 예약했다. 마치 외국인에게 친절을 베푸는 한국 사람이 된 것처럼 어색하게 굴며, 반찬을 친구 쪽으로 밀어주었다. 친구는 다행히도 좋아했다. 우리는 카페로 이동해 이야기를 이어나갔다. 바쁜 걸음을 재촉하며 불쑥 들어간 카페는 우아하고 아름다운 장식들로 단정한 모습이었다. 자리에

앉아 이것저것 둘러보다가 친구는 자신이 살고 있는 동네에
디자이너 디터 람스가 살고 있다는 이야기를 꺼내며, 카페에
있던 스피커와 시계를 단번에 알아보았다. 우리가 이웃하는
풍경이 많이 달라져서인지 이야기가 끊임없이 흘러나왔다.
그리고 친구와 나는 서로 약속한 적도 없었는데, 각자의
선물을 꺼내어 수줍게 건넸다. 친구는 흰 양초에 꽂아
장식하는 은빛 날개 모양의 양초 브로치를 선물해주었다.
나도 몇 가지 고른 선물과 그 이유에 대해 구구절절
설명하다 보니 어느덧 헤어질 시간이 되어 있었다. 이야기도
얼마 하지 않았는데, 금세 갈 길을 가야 한다는 것이 무척
아쉬웠다. 나는 이대로 집에 가겠지만 친구는 다시 짐을
챙기고, 망망대해의 공항에서 자신의 비행기를 기다리고,
연착되고, 갈아타고, 살고 있던 크론베르크로 갈 것이었다.
오기까지에도, 되돌아가기까지에도 너무나 많은 발자국이
필요했다. 헤어지기 전 우리는 2차선 도로를 사이에 두고
손을 흔들며 작별 인사를 했다. 어떤 문장 부호를 가져다
놓아도, 먼 길까지 닿았으면 하는 힘찬 안녕을 대신할 수는
없었을 것이다.

　　그날의 만남이 꼭 편지를 쓰는 모든 과정을 담아둔 것만
같았다. 편지지가 모자라 급하게 끝나버린 편지 내용처럼,
마지막에서야 문장 부호로 힘을 주며 인사를 나누는
것까지도. 그날 친구에게 준 엽서는 지난여름 정동진에
있는 한 전시회에 갔을 때 산 것이었다. 프랑스 파리 로댕
미술관에 있는 '생각하는 사람' 동상이 그려진 일러스트

엽서였다. 그 앞에는 다정한 노부부와 귀여운 고양이 한 마리의 뒷모습이 그려져 있었는데, 친구의 평온한 결혼 생활을 기원하는 마음을 담아 골랐던 것이었다. 친구가 독일로 돌아간 지 한 달 뒤쯤이었을까. 거짓말처럼 내가 건넸던 엽서에 그려진 풍경 사진을 직접 찍어 보내주었다. 마침 프랑스 여행 중에 정말 우연으로 본 것이었다. 어렵게 닿아 건넨 마음이 길고 긴 여정 속에서 우연처럼 반짝일 때를 손수 길어 보여준 친구의 마음이 고마웠다. 양초에 꽂아 장식한 은빛 날개 브로치가 반짝이는 선물이었다.

편지에서의 문장 부호는 그 사람의 목소리가 가지고 있는 억양을 들려주는 것만 같다. 아니면, 문장이 잘 전해질 수 있도록 돕는 손 내민 자국 같기도 하다. 나는 안녕 뒤에 언제나 느낌표를 사용한다. 그리고 기울어진 느낌표를 쓰면 꼭 손 흔들며 반갑게 인사하는 느낌이 든다. 안녕 뒤에 마침표가 찍혀 있을 때, 안녕 뒤에 물음표가 띄워져 있을 때 각각 전하는 느낌이 너무나도 달라서, 느낌표가 가장 무난하다는 생각을 했다.

느낌표가 가장 무난해지는 안녕이라는 인사말은 너무 많은 의미가 포개어져 있는 듯하다. 안녕 뒤에 물결 기호나 눈과 입이 살포시 그려진 스마일 표시도 종종 받아보곤 했는데, 그 미묘한 순간에 안녕 뒤에 무엇을 덧붙일지 고민했던 그 사람의 마음이 스쳐 지나가는 일이 좋다. 어떤 안녕은 헤어짐을 대신해, 헤어져 있는 동안에도

좋은 안부처럼 간직할 수도 있고, 어떤 안녕은 굳게 다문
입술처럼 단호하기도 하며, 또 어떤 안녕은 어색함을 비집고
들어가는 아이의 둥근 뒤통수 같기도 하다. 안녕으로
시작했다가 안녕으로 끝낼 수 있는 편지의 양식 속에서,
안녕이라는 말은 꽤 많은 장면을 내포한다. 그리고 그
안녕 뒤에는 언제나 그림자 같은 여운이 뒤따른다는 것도.
오늘은 몇 번이나 안녕의 인사를 전했을까. 그 안녕들이
새처럼 그 사람에게 날아가 어떤 나무에 앉아 꾸벅꾸벅 졸고
있을지 생각하면, 편지 위에 안녕을 꾹꾹 눌러 적을 수밖에
없다. 우리가 주고받는 모든 편지가 안녕의 날갯짓이라
생각한다면.

2019년 3월 10일: 운행일지

요즘에는 버스가 나의 주무대다. 차창에 머리만 기대면 잠들게 된 고단한 나의 많은 것들이 버스에서 이루어진다. 생각하는 것, 메모하는 것, 결정하는 것 모두 버스 안에서 벌어지니까. 서울에 처음 올라왔을 땐 변수가 거의 없는 지하철을 타곤 했다. 버스는 도로 상황에 따라 도착할 시간이 늦어지기도 하기에 정직한 지하철이 좋았다. 서울 생활이 익숙해지면서 줄곧 버스만 타고 다니게 된 것은 구경거리를 위해서였다. 들어가 보지 않은 가게를 지나쳐보는 일, 그 동네의 풍경이 되는 사람들과 거리의 분위기를 보는 일이 흥미로웠다.

한번은 종점까지 잠만 자느라 버스 기사가 깨운 적도 있었다. 내 생애 그런 일은 없을 것 같았는데, 드라마의 주인공처럼 죄송하다며 고개를 조아리다가 목도리를 떨어트리고, 버스 카드는 찍지도 못하고 허겁지겁 내렸다. 찬 공기가 몸에 부딪히자 그제야 다시 현실을 실감하고, 집으로 돌아가야 할 길을 다시 재탐색해야 할 때, 나는 꼭 내가 되어가고 있지, 내가 된 것은 아니라는 느낌이 들기도 했다.

사람들이 옷장에서 막 꺼낸 외투 때문인지 버스 안에는 날리는 먼지도 많고, 특유의 옷 냄새도 난다. 여기저기 많은 주름들이 보이고, 바뀐 옷차림이 여럿이라 바뀐 계절도 더 실감이 나는 듯하다. 버스가 덜컹거리며 손잡이가 흔들릴 때, 매번 같은 시간에 타던 사람이 보이지 않을 때, 왠지 내

옆자리엔 아무도 앉지 않는 것 같을 때, 마주 오는 버스와 인사를 나누는 버스 기사를 볼 때, 무표정보다 더 지워진 얼굴을 볼 때, 나는 이상한 생동감을 느낀다. 나와 무관하게 벌어지는 풍경 속에 들어 있어야만 나를 홀로 둘 수 있게 된다.

그 감각 때문인지, 버스에 탄 화자의 시점으로 시를 써 내려갔다. 대부분 시는 어렵게, 겨우 시작하는 편인데 오늘 쓴 시는 배차 시간에 맞춰 오는 버스처럼 정직했다. 빈자리가 많아 의아하면서도 좋았다. 버스 안에서 흔들리며 사유했던 일들이 지나온 시간의 풍경이 될 때, 서로를 붙잡아주기도, 놓아주기도 하는 만남과 헤어짐의 광장이 될 때, 그렇게 비로소 내가 되어가는 일에 대해 맺히게 될 때……. 사람이라는 정류장을 돌고 도는 버스가 되어 운행일지를 쓰는 기분으로, 시를 빠져나오기도 했다.

link 시 「내가 되지 않는 것들」(시집 『무한한 밤 홀로 미러볼 켜네』 2021, 문학동네)

2022년 3월 17일: 집에 무사히 도착하자

요 며칠은 되는 일이 하나도 없었다. 집에서 저녁을 먹으며, 되는 일이 하나도 없다고 말하니까 위로와 공감에 소질이 없는 동생은 무심코 "집에만 조심히 오면 된다"라고 말해주었다. 집에만 무사히 와도 다행인 일들은 정말 다행일까 싶었지만 애쓰던 마음이 발 구름을 멈추는 순간이기도 했다.

마감했던 시가 다시 메일에 첨부된 교정지로 돌아오는 일이 당혹스럽다. 그건 출간 작업에서 필수적인데, 길지도 짧지도 않은 시간 뒤에 다시 나의 시가 반송되어 돌아온 기분이 들기 때문이다. 고치고 싶은 문장들이 많았는데, 귀찮아서 편집자 선생님이 교정한 부분만 확인하고 다시 답장을 보냈다. 그로써, 내가 시와 조금 멀어져 있다고 생각했고 한편으로는 무척 슬펐다.

이번 달에 마감해야 할 원고들이 있는데, 미진하다. 예정된 수술을 하고 나면 쓸 수 있을까, 나는 남아 있을 나의 여력을 생각하는 데 조금 지쳤다. 내가 좋은 글을 쓰고 싶은 마음도, 잘하고 싶어 하는 마음도 잃어버렸다는 것을 알게 되었는데 언제나 그랬듯 있는 그대로의 내가 해낼 수 있을 만큼만 하고 싶다. 그러나 이 마음에도 자신이 없다는 것을 잘 안다.

나의 반려묘 희동이는 잘 때 내 몸 어딘가에 꼭 자신의 몸을 맞대고 잔다. 그것에 감격해 쓰다듬거나 열심히 만지려고 하면 달아나고, 다시 잠든 내게로 와서 따뜻한 몸 한구석을 내어준다. 우리는 그렇게 연결된 채로 잠든다. 나는 그것이 좋다.

고양이가 좋아하는 나무인 '마따따비'는 여행하는 나무라는 뜻을 가지고 있다고, 얼마 전 편집하던 원고에서 읽었다. 여행하는 나무. 그건 나무의 일이 아니라 나무를 기억해주는 자의 몫이 아닐까 하고, 내게도 그렇게 이동할 수 있는 기억이 있다면 내가 대신해서 어디론가 가야 하지 않겠느냐고 혼자서 오랫동안 생각했다.

음악 스트리밍 어플에 차곡차곡 저장되어 있던 재생 목록을 모두 지웠다. 그러고 나서 아무것도 재생되지 않는 이어폰이 선사하는 진공의 상태를 잠깐 느끼며, 이제 나는 무엇을 들어야 하지? 하고선 다시 주섬주섬 막 나온 노래와 오래된 노래를 섞어 담았다. 노래를 고르다 보니 나는 도착해야 할 곳에 와 있었고, 노래를 재생한 뒤 다시 어디론가 출발했다. 완벽한 도착이 없는 세상에서 나는 그저 거래처를 전전하는 인간이다.

예전 같지 않다는 생각, 이것이 요즘 내가 가장 껄끄럽고 상대하기 어려운 것이다. 예전과 같을 수 없기에 현재는 완성된다. 한때 다정했던 말과 선물을 주고받으며, 잠시 '오래오래'를 나눴던 사람들이 종종 꿈에 나온다. 그 구멍들 사이로 내다보는 어제의 풍경도, 오늘의 풍경도 너무 못생겨서 얼굴을 포개고 주저앉았다. 열심히 울어서 얼굴을 개운하게 빨아 널 수도 없고, 시답잖은 것을 쫓아다니다 허허 웃을 수도 없고, 표정이 멈춘다는 것이 그랬다.

하나의 표정이 너무 오래 얼굴을 머문다는 것이 요즘 나의 괴로움이다. 어떤 난반사된 풍경일까. 나의 얼굴은. 이런 이야기를 하고 나면 후련한 구석이 있다.

오늘도 집에 무사히 도착하자.

2023년 3월 25일: 인간의 몫으로, 인간의 노동으로

봄이 코앞까지 다가왔다는 것을 실감했다. 봄에는 언제나 겨울 동안 참아왔던 이야기가 있지 않을까 두리번거리게 된다. 목련과 벚꽃을 지나면서 삶에 대한 은유로써의 자연에 겨우 다가선다. 봄의 활기에나 가능한 일이다. 도서관 수업이 시작하는 날이라 평소보다 조금 일찍 집을 나섰다. 햇수로 4년째 수업을 하고 있으니 익숙한 길이기도 한데, 절반은 팬데믹으로 온라인 수업을 진행했었다. 매번 가는 길이 초행길처럼 느껴지는 이유는, 거리에서 내가 해찰하면서 부딪치게 되는 풍경들 때문이다. 대체로 인간이 인간에게 경고하는 주택가의 경고 문구들.

"소변 금지" "흡연 시 적발합니다" "인간도 아닌 것들아 폐기물은 신고해서 버려라"

거칠게 적혀 있는 문구를 읽으면, 살고 있는 세상의 민낯을 어렵지 않게 만날 수 있다. *"개 분뇨 금지"* 라는 팻말이 적혀 있는 붉은 벽돌집 앞은 산책로 초입이라 그런지 산책 나온 강아지들의 왕래가 잦은 곳이었다. 동네 개들이 아니라, 개들을 기르는 인간들에게 건네는 빨간 글씨에 괜스레 발걸음을 분주히 옮긴다.

벚꽃이 창으로 한가득 들어오는 강의실에서 만난 새로운 사람들은, 시를 처음 써보는, 연령대를 구분하지 않는 다양한 얼굴이었다. 누가 들어오는지 알 수가 없어서, 매번 수업 말미에서야 겨우 이름을 외우는 정도인데 다양한 얼굴들을 보니 이번에는 쉽지 않겠다는 느낌이 들었다. 6주간의 수업이 모두 끝날 무렵엔 각자 창작시를 제출하기로 약속했다. 도서관 사업의 일환으로 진행되는 수업이다 보니, 결과물을 만들어야 하기 때문이었다. 수업 내내 나의 말을 가로막고 질문을 서슴지 않던 한 중년 남자는 '일일시호일'이라고 지은 수업 제목에 딴지를 걸기 시작했다.

"이렇게 의미도 없는 한자를 나열해서 수업 명을 지은 이유가 뭡니까? 있어 보이려고 이렇게 하는 것이 이해가 되지 않습니다."

나는 무척이나 당황한 나머지 할 말을 잃고 허공에 눈빛을 흘려보낼 수밖에 없었다. 수업 제목은 사람들의 이목을 끄는, 수업의 목표나 의미를 집약적으로 표현할 수 있는 편이 좋은데, 이번에는 매일 시와 함께 일컬어질 수 있는 기쁨을 찾고자, 일본 영화 〈일일시호일(日日是好日)〉 제목에서 빌려온 것이었다. 이렇게 설명을 했더라면 좋았을 텐데, 엉뚱한 영화 제목과 이유를 얼버무리다가 넘어가버렸다.

수업이 끝날 무렵에 다시 한번 시 제출을 해야 하는 것을 언급했다. 중년 남자는 삐딱하게 앉아서는 내게 재차 되물었다.

"인공지능으로 시를 써서 제출해도 됩니까?"

나는 그 질문에 얼굴이 몹시 빨개지고 말았다. 첫 번째 이유는 무례한 질문이라고 느꼈기 때문이다. 지금까지 설명했던 것들을 무아지경으로 만드는 질문인 데다가, 수업의 의미를 도둑맞는 것 같았다. 짐을 분주히 챙기던 사람들도 어리둥절한 얼굴로 나를 쳐다보았다. 대답을 골라서 잘 설명했어야 했는데, 약간의 언쟁이 되어버리고 말았다.

"인공지능이 쓴 시는 제가 읽지 않을 것입니다."

"그걸 선생이 어떻게 압니까?"

돌아온 반문에 이 질문은 악의적이라고 판단할 수밖에 없었다. 분노가 일렁인 이유는 그 질문의 악의성 때문만은 아니었다. 어쩌면 시는 지나치게 인간적이고, 인간의 사유로만 가능한 것이라고 확신하고 있었기 때문일까.

"저는 읽어보면 다 압니다."

수강생들이 모두 빠져나가고 텅 빈 강의실에서 짐을 챙기고 있을 때, 도서관 사서 선생님께서 위로의 말을 건네주었다. 다른 모임이나 수업에서도 다소 공격적인 태도를 보인 사람이라고. 나는 이내 괜찮다고 말했지만 마음에 생긴 내상을 어찌할 수가 없었다. 읽어보면 다 알 수 있다고 호기롭게 말한 것부터가 조금은 수치스러웠기 때문이다. 시를 지나치게 인간적인 것이라고 여기는 나의 과오가 훗날 그에게 비웃음거리가 되진 않을까 생각했다.

인공지능의 범주가 넓어지고 구체화되면서, 주문하는 대로 그림을 그려내고, 이야기를 창조하는 시대가 도래했다. 첨단이 기계라는 감각에서 사고라는 감각으로 옮겨가면서 인간이 해오던 많은 과정은 생략되고, 절약된 시간은

재화 가치로 여겨짐에 따라서 인공지능은 더 이상 불편한
골짜기 취급을 받지 않게 되었다. 내가 생각하는 시는,
어쩌면 인공지능의 범주에서 가능한 영역일 수도 있겠지만
아직은 믿고 싶지 않은 쪽에 더 가깝다. 눈빛, 온기, 손그늘,
어깨동무, 뺨, 비스듬히, 부드러움, 솜털, 보조개. 그런
것들은 인간이기에 켤 수 있는 감각이기 때문이다.

　　설명되지 않은 수많은 인간다움으로 인간이 아닌
것들에게 다가서며 마음으로, 시간으로 그것들과 화해하며
공존하는 인간의 과업을 인공지능은 해결할 수 있을까.
언어라는 것, 모국어로 체득하는 깨진 무릎의 말들을
인공지능은 이해할 수 있을까. 그의 질문이 남긴 파문은
밤늦게까지 이어졌고, 나는 내가 쓰고 있는 일이 도대체
무엇인지 다시 생각했다.

2023년 3월 31일: 기다림의 안간힘

프랑스의 사회운동가이자 철학자인 시몬 베유는, 기다림을 '관심', 즉 마음 씀의 한 형태로 새롭게 사고해야 한다고 이야기한다. 삶이 기다림으로 점철되었다는 생각을 지울 수 없을 무렵에 이 문장을 만났더라면 더 좋았을 텐데. 내가 가장 오래 기다렸던 일은 무엇일까. 어쩌면 지금도 내내 기다리고 있는 것이 아닐까. 스스로 반문하면서 시계를 보았다. 손목시계, 벽시계, 컴퓨터 화면에 뜨는 시계, 밥솥 시계, 핸드폰 시계……. 시간은 정확하게 나를 지나쳐 흘러가고 나는 홀로 약속을 지키려는 사람이 된다.

밥을 주던 고양이가 있어, 매일 같은 시간에 공원으로 향하던 사람이 있었다. 고양이에게도 이름을 지어주고는 데려올 수 없는 자신의 상황을 한탄하던 다정한 사람이었다. 며칠 동안 고양이가 나타나지 않자, 그는 매일 허탕 치며 그릇에 사료와 물을 채워주고 돌아왔다. 무사하길 바라면서 시작된 어떤 기다림을 내게 털어놓은 적이 있었는데, 그 기다림에 어떠한 응답이나 해결을 할 수가 없어서 안타까웠다. 그 긴 기다림을 끝내고 그는 그 고양이와 함께 집에 살고 있다. 그때 그는 고양이를 기다렸던 것이 아니라 고양이를 하염없이 사랑했던 것이라고 믿는다.

내가 가장 오래 기다렸던 것은 아무래도 첫 시집이다. 등단 후 8년 만에 첫 시집이 나왔으니 두 번의 올림픽이 지나고, 그사이 군 복무를 마쳤으며, 대학을 졸업했으니까 적지 않은 시간이었다. 시집이 출간되고 동료 선후배

시인들에게 그 8년이라는 시간을 헤아려주는 인사를
건네받을 때마다 나는 믿기지 않았다. 8년이라는 기다림을
시집 한 권으로 응답하게 되었다는 사실도 그랬지만, 그건
이미 각자의 기다림을 마주해본 적이 있었다는 뜻이기도
했으니까. 각자가 삶을 기다림에 기대어 살아가는 것이라면,
기다림은 시간을 버티고 서는 안간힘이 아니라 사랑하는
것에게로 가려는 몸부림이 아닐까.

　　이제야 답장을 쓰게 된다는 말로 시작하는 편지를
받아본 적이 있다. 편지를 쓸 땐 답장을 내심 기다리긴
하지만, 답장이 오지 않을 것이라는 각오를 하게 된다. 그건
나를 기다림으로부터 도망치게 하는 방법 중 하나인데 잊고
있다가 문득 마주하는 답장을 읽으면 지나온 시간들이
한꺼번에 쏟아진다. 편지를 통해 경험했던 기다림은 대체로
즐거웠다. 답장이 오지 않을 때도, 편지에 적힐 말들을
기다릴 때도 그랬다. 그건 주고받을 이야기를 고심했다는
뜻이기도 하면서, 편지에 적힐 말들을 신중히 고르고
골랐다는 뜻이기도 하기 때문이다.
　　어릴 적 엄마가 점심을 차려놓고 나갈 때면 항상 천
원짜리 지폐와 작은 메모를 써두고 갔다. 국을 데워 먹어야
한다든지, 냉장고에서 무언가를 꺼내 먹으라든지, 작은
당부가 함께 적혀 있는 쪽지였다. 그 편지들에 나는 답장을
한 번도 한 적이 없었다. 대충 밥을 먹고, 지폐만 쏙 빼가는
철없는 아이였으니까. 맞벌이로 부모님이 모두 늦게 집에

돌아올 때마다, 나는 그 작은 쪽지가 남긴 말을 오랫동안 곱씹었다. 처음으로 적혀 있는 어떤 말이, 기다림에 효능이 있다는 것을 깨달은 순간이었다. 밤이 캄캄해지고 조금은 무서운 상상을 하면서, 초인종을 누를 부모님을 기다리는 동안에도 부모님 중 누군가 달력에 휘갈겨 적어둔 생일이나, 전화번호, 낙서를 보면서 잠깐이나마 안심했었다. 그 글자가 어떤 빈자리를 채워주었노라 생각이 들면, 내가 쓰는 글이 누군가의 기다림을 끝내볼 수도 있겠다고, 그런 작은 용기를 품고 지금의 기다림을 걸어온 것이 아닐지.

약속에 늦지 않기 위해 우리는 모두 버스정류장에서 기다리는 사람들 같다. 버스정류장에서 각자 타야 할 버스도, 가고자 하는 곳도 다르지만 어떤 기다림은 우리를 만나게 한다. 각자의 빈 편지지로 가는 그 여정이, 기다림과 안간힘으로 점철된 일이 아니라 사랑을 따라 걷는 일이라고. 관심을 두며 열리는 문을 나서는 거라고. 천천히, 뒤따라 걸으며 말하고 싶다. 내 시에는 그런 것들이 적혀 있다.

link 시 「사프란」(《한국문학》 2023년 상반기호)

4月
꽃의 최대화를 간절함으로 읽기 시작하면,
모든 향기가 실컷 우는 소리처럼 들리기 시작한다.

2018년 4월 4일: 프리즘

주말에는 어김없이 고요와 평화가 찾아온다. 시간에 모닥불을 피우고, 시간을 그을리며 보채는 반복의 연속이다. 몇 개의 화분을 정리하면서 화분에 물을 주는 일도 줄어들었다. 청소를 자주 하지만 뒤돌아보면 여전히 치울 것이 많아 그마저도 그만두었다.

건강이 좋지 못해서 요즘에는 건강을 회복하는 데 심혈을 기울이고 있다. 의사의 말로는 스트레스가 원인이라고 했는데, 이번 계기로 스트레스에 대해 본격적으로 생각해보기로 했다. 그러려면 나는 어떤 사람이고 어떤 성향으로 문제에 접근하는지 알아야 했다. 누군가는 나를 정확하게 이야기해주었고, 누군가는 내가 듣고 싶은 대답을 맞추기도 했다.

최근에는 '내적 흥분'을 경험하지 않기 위해 시도 쓰지 않았고 책도 읽지 않았다. 아주 가벼운 감상만 지날 수 있도록 일상을 꾸렸다. 그랬더니 정말 마음은 평화로워졌다. 칸트처럼 시간을 쪼개어 정확히 쓸 수 없지만, 내가 소모하는 시간에는 에너지가 정확하게 작동하면 좋겠다. 그러나 그마저도 아끼고, 마치 글을 써본 적 없는 사람처럼 살기로 했다. 당분간. 그것이 나와 가장 가까이에 있는 공장이기 때문에, 그것의 임시 휴업을 선언한 셈이다.

읽지 못한 책들을 보며 죄책감에 시달리지 않고, 무언가를 쓰지 않는다고 하는 불안감에 쫓기지 않으며, 자꾸 생산하려 드는 나의 욕망을 잠재우고 가장 기본적인 욕망에만 충실히 하는 것이었다. 물론 사람들을 만나지 않는 것도 방법이었다. 사람들과의 대화에서 자꾸 무언가를 느끼고 깨달으며, 어떤 의미 부여로 많은 감정을 도사리게 할 수 있으니까 그마저도 하지 않았다. 이 모든 것은 결국 기쁨도 느끼지 않겠다는 전제가 깔리게 된다. '내적 흥분'은 성취감, 만족감, 완결성에서 오는 기쁨도 포함하는 것이기 때문이다.

그러나 나의 이런 상태가 오래 지속되지는 않을 것이다. 이것은 내가 살아 있음을 느끼는 가장 가까운 증명이기 때문이다. 그것을 하지 않고, 살아 있지 않다고 느끼며 지속하는 건강함은 얼마나 무례하고 무식해 보이겠는가. 하여, 나는 당분간이라는 시간적 제약을 두고 내적 흥분을 경험하지 않으려고 한다.

이러한 선택은 당분간 쓰지 말아야지, 하는 나의 어떤 일회적인 결심과는 다른 새로운 경험이다. 하지 않음으로써 새로운 경험을 하게 된다는 이 아리송한 장면 안에 나는 프리즘이다. 모든 빛을 색으로 뒤덮음과 동시에 그것을 한데 모으면 어둠이다.

2021년 4월 15일: 나의 전차가 지나가고 남은 검은 연기 속에서

이십 대의 시 쓰기는 우연의 전차 속에 있었다. 시간이 흐르는 와중에 돌아보는 곳마다 내릴 정차역이었으니까. 내려서 거닐다 보면 그곳은 내가 있었던 장면이었다. 이것이 문학을 통해 나를 마주하는 순간이라는 걸까? 시키지 않아도 장면은 이어졌다. 그리고 나는 그것을 꿈속에서 만난 행운처럼 기억에 새기고는 시를 썼다. 시간만 있으면 가능한 일이었기 때문에, 언제든지 시를 쓸 수 있었다. 그것이 곧 나의 재능이라고 여겼다.

요즘에는 열심히 운동을 다니고 있다. 동네 헬스장에는 천차만별 나이대의 사람들이 모여 있다. 나는 나만의 루틴을 만들어서 시도하고 잦은 실패를 경험한다. 근육에 상처를 내면서 회복되는 과정으로 더 단단해지는 이 단련법은 삶의 힌트처럼 여겨지곤 한다. 가만히만 있으면 아무것도 할 수 없다고, 어느 낯선 나라의 여행지에서 우연히 만난 사람은 내게 그런 이야기를 했다. 삶이 내 계획대로 이루어진 것은 내가 움직일 수 있어서였다. 이십 대의 시 쓰기가 우연의 전차 속에 있었던 일이라고는 하지만, 그 전차를 움직이고 멈춰 세운 것도 모두 내 발걸음 안에 있었기에, 나는 움직이는 일에 대해 자주 생각한다. 나를 움직이게 하는 것도.

근래에는 시 쓰기가 잘되지 않았다. 무엇이든 쓰려고 하면 막막한 기분이었다. 이십 대에는 정말이지 단 한 번도 느껴본 적 없는 기분이었다. 그 수월함을 재능으로 믿고 살았으니, 시가 잘되지 않아 머뭇거리고 있으면 재능이 사라져버린 것만 같았다. 운동을 열심히 하는 데에도 그 이유가 있었다. 체력이 남아나질 않으면 움직일 수 없고, 움직이지 않으면 아무것도 찾아오지 않으니 그 무엇도 쓸 수 없으리란 생각. 이십 대의 탄력 넘치던 용수철은 생명을 다했는지 팽창도 수축도 하지 않고 제자리에 있다. 나는 어쩌면 지금부터가 시작이라는 생각도 한다.

그러나 언제나 시작만 할 수는 없는 일이다. 시작이 주는 희망찬 선언은 오래전에 희미해져 버렸다. 시작 앞에만 서면 실패를 경험하는 일을 이제는 하고 싶지 않다는 생각이 들기도 한다. 내가 마음껏 떠도는 대로, 움직이는 대로 쓸 수 있었던 지도가 있었으나 이제는 그 지도를 펼쳐 지도에는 새겨져 있지 않은 주소로 향하는 기분이다. 알지 못하는 곳에서는 무작정 멈춰 서서, 지금 내 앞에 도래해 있는 것들을 보게 된다. 돌아봄 끝에 찾아온 시야는 내게 도래해 있는 것들을 의심해서 보는 일이었다. 끊임없이, 확신을 함부로 갖지 않고, 방향을 손쉽게 인지하지 않고, 끝끝내 의심으로 남겨두는 일.

운동을 마치고 나면 몸은 노곤하지만 개운하다. 든든한 저축을 하고 돌아오는 은행 앞의 어린 내가 되는 것 같다. 내가 남아 있을지, 시간이 남아 있을지, 그 무엇도 남겨져 있지 않을 수도 있는지. 내가 당도해 있을 가장 가까운 미래를 위해 나는 체력을 단련하고, 돌연 시작점에 서지

않는다. 다시 시작하는 마음 같은 것을 너무 쉽게 가지면서
머뭇거려 온 순간들을 무마시키는 일을 하지 않기로 한다.
나는 녹슨 선로에 가만히 누워 나의 전차가 다시 오기를
기다린다. 이야기를 석탄처럼 싣고, 온갖 매연 속에서도
따라 달리는 아이들 웃음소리가 끊이질 않는. 나를 통과해
지나쳐 간 이야기들이 내 것이 아닌 것처럼 느껴지듯이,
나에게 오지도 않은 이야기들이지만 내 것이 될 것 같다는
생각이 든다. 이것은 기적에 가까운 일이지만, 나는 그
기적의 펜스를 넘어본 적이 있다.

link 시 「오늘 저녁이 어느 시대인지 모르고」(시집 『무한한 밤
홀로 미러볼 켜네』 2021, 문학동네)

2020년 4월 20일: 그런 이야기를 했던가

어젯밤 통화하던 사람에게 말하였다. 아침에는 모든 것을 금세 망각한 상태로 아무 거리낌 없이, 새출발을 하는 사람처럼 맑고 순수해지는 것 같다고. 그냥 그대로의 기분이 좋다고. 그래서 아침을 좋아하게 되어 일찍 잠들게 되었다고. 밥 먹을 때, 회사에서 일할 때, 화장실에서 손 씻을 때, 벤치에 앉아 잠깐 햇볕을 쬘 때 들이닥치는 작고 작은 생각들이 모이는 밤에는 뒤죽박죽의 상태가 되어서 기분이 좋지 않다고. 그 완성본이 출처도 없이 흉측해서 나는 아침에 느꼈던 잠깐의 기쁨을 잊을 수 없다고 말했던가. 밤을 선호하던 사람이, 밤에 부름을 받던 사람이 밤을 흉측하게 여길 때, 세상은 생각보다 재밌지 않게 된다, 요즘의 내 생각.

그렇다고 나쁘다 할 것도 없는 상태가 계속된다.

불안해하고 초조해하는 것을, 불안했고 초조했던 때의 기억들을 겹겹으로 쌓아 이겨낸다는 것은 견디는 일에 가까울 것이다. 책이 나오면 항상 이런 기분에 휩싸인다. 적응하고 싶지 않고 적응되지 않는 별도의 마음 같은 것. 생고기를 가까이에서 보는 느낌. 그 비린내와 기이한 토막의 형상을 정면으로 보는 것. 저런 기분은 별로 알고 싶지 않은데! 하면서 코를 비틀어도 생각 속에서 냄새를 계속 맡게 되는 일.

눈물이 나지 않지만 울고 있다는 생각이 든다. 웃지 않지만 입이 찢어지는 것을 느끼는 것처럼.

친구의 시집을 읽으며 서명으로 적힌 문장을 내내 생각하는 것. 친구의 산문집에 추천사를 보내고 계속 읽어보는 것. 가녀린 이어짐이 여기까지 왔구나 하는 안도감과 기쁨. 근래엔 비가 내리지 않았네. 이렇게 말하게 되었으니 조만간 비가 내릴 것이다.

빛의 속도로 연남동을 주파하는 아침저녁이다. 친구들과 이 근방에서 떠들썩했던 게 다 옛날 일 같다. 사실 옛날 일이기도 하지.

내가 좋아하는 여름 마감이 오고 있다. 마감 말고 여름. 내 손으로 끝내본 계절이 없다. 그것이 계속 살게 만드는 것일지도.

2023년 4월 26일: 걸려 넘어진 것들과

영원에 걸려 넘어지는 순간들이 있다. 그 순간들을 불러 세워 놓고 한 시절의 풍경이 되어보라 말한다. 시 쓰기의 막막함은 거기에서 시작된다. 어떤 얼굴을 부싯돌처럼 켜서 불빛을 만들기도 하고, 걸려 넘어져서는 영영 일어나지 못하던 순간들을 깨워다가 앞장세운다. 어둠이 있어서 좋다. 어둠이 있어서 밝아지는 것을 볼 수 있으니. 다 죽어가던 기억들까지도 불빛을 머금고 있다는 것을 깨달을 수 있으니. 영원에 걸려 넘어진 이 순간의 기록도 누군가의 어둠에서 빛으로 일어서기를.

이번 봄에 진행한 도서관 수업에서는, 도서관 사업 성과를 문집으로 제작해야 하는 미션 때문에 수강생들이 창작품을 제출해야 했다. 근래의 수업에서는 별도의 합평을 진행하고 있지 않은 터라, 제출한 작품을 전달만 하면 되었기 때문에 어려운 일은 아니었다. 누군가의 작품을 만날 때마다 마음을 다해 몰입하기로 해서, 읽는 내내 힘이 든다. 그래서 해주고 싶은 이야기나, 하려던 이야기들을 모두 놓치기도 했다. 그러고선 힘에 부쳐서 감상을 전하는 일이 조금 모질다고 느껴졌다. 정해진 날짜에 맞춰 메일이 도착했는데, 시를 처음 써보거나 시작한 지 얼마 되지 않은 입문반이라 그런지 별 기대는 없었다. 그러나 한 편씩 꺼내어 읽은 작품들은 한 시절 영원에 걸려 넘어졌던 나의 무릎을 보게 만들었다.

시를 읽어주었으면 하는 순수한 마음 때문에 문학

커뮤니티에 가입해 사람들과 소통하던 시절이 있었다. 밤이
꺼져가도록 형광빛으로 차오르는 얼굴은 채팅창에 시를
보내고, 시를 읽어주고, 시를 다짐하고, 시를 후회했었다.
일면식도 없고 잘 알지도 못하지만, 문창과에 다니는 형과
누나들에게 겁 없이 시를 보내면서 읽어달라고 했다. 그들의
곡진한 감상 후기를 받을 때마다, 나는 시가 점점 좋아졌다.
무슨 말을 하지 않아도 알아듣는 사람들이 신기했기
때문이었다.

　　방 안에 홀로 들끓는 나와 컴퓨터 사이에는 도서관
수업을 듣는 사람들의 시가 놓여 있었다. 사람들의 어떤
간절함이나 절박함에 걸려 넘어져서는, 무엇이든 전해주고
싶어 각자에게 편지를 썼다. 누군가 읽어주었으면 하는
마음에 매달려 허탕 쳤던 시간이 삽시간으로 밀려왔으니까,
그래서 나는 꼭 돌려주고 싶었다. 처음 수업을 시작하면서,
합평을 하지 않아도 된다는 홀가분함을 뒤로 하고는
돌려받지 않아도 될 편지를 쓰기 시작했다.
　　가끔은, 시를 읽어주는 사람들을 만나곤 한다. 어떤
시를 어떻게 읽었었는지 들을 때마다 꼭 남의 이야기를
듣는 것처럼 생경하다. 내게 와야 할 이야기가 아니라,
영원에 걸려 넘어졌던 그 시절에 이름을 붙여주는 것만
같아서, 반갑지만 낯설다. 시와 헤어지고, 시와 재회하고
그 사이사이로 서로가 건너야 할 징검돌을 일러주면서,
먼저 가 기다리면서, 뒤따라가며 넘어질까 노심초사하면서,

시와 함께 가는 얼굴들을 이따금 생각한다. 사실 얼굴은 잘 기억나지 않고, 그들이 시 안에서 찌푸렸던 표정 속 미간, 인중, 입꼬리 같은 것들은 선연히 생각난다.

시들이 곁에 남는다. 깃발처럼 마구 휘날리면서, 흔들리면서. 함께 흔들리면 더 오래 멈춰 있는 느낌이 든다. 그 착시가 빚은 풍경 속에서 넘어진 것들이 하나둘 일어나기 시작한다.

link 시 「우리의 가장 커다란 얼굴」(《문장웹진》 2023년 11월호)

2022년 4월 28일: 돌려주지 않아도 될 이야기

친애하는 감독님의 영화가 개봉했다. 오늘은 그 영화의 관객과의 대화 행사에 연사로 초청되어 명동에 갔다. 코로나가 창궐하면서는 꿈도 꿀 수 없는 곳이었다. 사람이 많은 곳에서 알 수 없는 현기증을 느끼기 때문에 방문지에 대해 예상 가능한 시나리오를 써보는 것이 나의 유일한 대비책이었다. 행사 때문에 영화를 미리 볼 수 있었는데 영화는 따뜻한 안간힘처럼 느껴졌다. 한 사람이 살아내는 이야기 안에는 벌어지고, 휘어지고, 지워지면서 태어나는 이름이 있다는 것을. 그래서 나는 영화가 좋고, 주인공에게 집중되는 이야기의 영화를 선호하는 편이다.

와인 가게에 들러서 감독님에게 선물할 와인을 구경하고 있었다. 술을 전혀 알지 못해서, 라벨만 열심히 들여다보다가 사장님에게 즉흥적으로 제안했다.

"선물을 하고 싶은데, 제가 술을 잘 몰라서요."

"선물 받으시는 분이 어떤 스타일을 좋아하세요?"

"음…… 술을 아주 좋아한다는 것만 알아요."

그러다가 문득, 이 술은 감독님에게 건네는 선물이 될 수도 있겠지만 영화 속 주인공인 춘희에게 건네는 선물이면 더 좋겠다는 생각이 들었다.

"받으시는 분 이름이 춘희인데, 춘희라는 이름과 어울리는 와인을 추천해주실 수 있을까요?"

이내 당황한 사장님은 춘희라는 이름을 조심스럽게 발음하면서 와인 한 병을 골라주었다. 와인 이름은 엘리자베스 그로 망상(Elisabeth Gros Manseng).

춘희와 엘리자베스. 두 이름을 나란히 쥐고 명동으로
향했다. 중국대사관 앞에 있는 카페에서 시간을 보내다가
시간에 맞춰 명동 거리로 향했다. 명동 거리는 어둡고
침착한 느낌이었는데, 이전에 내가 왔을 때와는 너무나도
다른 분위기였다. 문 닫은 상점들이 많았고, 거리에는 정말
드문드문 보이는 인적뿐이었으며, 인파를 가르는 노점이나
시끄러운 소리들도 하나 들리지 않았다. 이것 참 쓸쓸한
일이로구나. 정말이지 우리에게 당도해 있는 위기감을
온몸으로 실감하며 영화관 쪽으로 걸어갔다.

그때 저 멀리서 어둠을 홀로 밝히며 반짝거리는 것이
있었다. 시야가 너무 멀어서 짐작하기도 어려웠지만, 그것이
아주 밝다는 것만은 잘 알 것 같았다. 노랗고 붉게 빛나는 저
불빛이 좌판의 알전구가 아닐까 추측하며 발걸음을 옮겼다.
기나긴 명동 거리의 어둠 끝에 마치 아직 끝난 게 아니라는
듯 홀로 밝히고 서 있는 저 불빛이 마음에 들었다. 궁금한
마음으로 발걸음을 재촉했을 때, 당도한 그곳에 밝게 빛나고
있는 것을 보고 웃음이 나왔다.

불빛에 반사되어 딸기에 코팅된 단단한 설탕이
영롱하게 빛나고 있었다. 마치 보석처럼. 달콤함을 가득
품고 좌판에 꽂혀 열심히 반짝이고 있는 딸기 탕후루가, 저
멀리에서까지 보이다니. 기분이 몹시 이상했지만 어쩐지
이 풍경이 마음에 들어 영화관을 가는 내내 생각이 났다.
인적 드문 명동 거리를 빠져나오며 내가 원하는 문학은 바로

저런 것이 아닐까 혼자 생각했다. 어둠을 홀로 밝히는 달고 반짝이는, 천진한 딸기의 표정 같은 것. 한 손에는 춘희의 이름을, 다른 한 손에는 엘리자베스 그로 망상 와인을 쥐고 더 어둡고 가파른 영화관의 계단을 천천히 오르기 시작했다. 어둠을 홀로 데우고 있을 어떤 이야기가 있으리라 생각하며.

link 영화 〈태어나길 잘했어〉(2022)

2023년 4월 30일: 편지의 세계

편지에 매료될 수밖에 없는 점이라고 하면, 내 손을 떠난 뒤로는 내 것이 아니라는 점에 있다. 내가 들려주는 이야기의 소유권을 온전히 타인에게 건넨다는 것. 시간을 공들여 썼던 정성스러운 편지가 타인에게 닿아 더 이상 돌아오지 않는다는 홀가분함이 좋다. 다시는 읽을 수 없는 말을 써야 한다는 것과 같지만 그런 부담에 편지를 쓸 때 최선을 다하게 되는 느낌도 좋다. 펜을 꽉 쥔 손을 풀며, 저리는 팔을 애써 주무르며, 편지 봉투를 스티커나 풀칠로 닫고 나면 영영 복기할 수 없을 어떤 마음이 포장되는 것 같다. 썼다 지우기를 반복한 내용이 있다면 그것은 금세 후회가 되기도 하는데, 퇴고할 수 없어서 편지는 그 진솔함을 무기로 갖는다. 되돌릴 수 없다는 점에서, 고르고 고른 말들이 정확하게 종이 위에 선다는 점에서 진심을 다하지 않을 수가 없다.

종종 친구들 앞에서 머뭇거릴 때가 있다. 언젠가 내가 편지에 적어준 말 중 인상 깊었던 것이나 놀리고 싶은 것을 외우고 있다가 말해줄 때가 그렇다. 그럴 때마다 표정을 숨기지 못하고 '내가?' 하고 반문하게 되는 것을 보면, 편지는 잊는 기록에 가깝다. 온전히 내가 편지지에 남긴 기록을 점유하는 쪽이 상대방이라는 점에서도 그렇다. 그러나 누군가의 기억으로 인해, 내 손을 떠난 나의 말들이 내 앞에 아른거릴 때, 그것이 잘 전해졌음을 깨닫는다. 나도 누군가가 적어준 편지 속 문장에 매달려 살아본 적이

있으니까. 퇴고해서 유려해진 문장이 아니라, 곧바로 옆에서
속삭이듯 날 것 같은 문장이, 내 안에서 계속 뒤척이는 일이
좋다. 종이 위에서 끝나는 게 아니라, 다시 종이를 걸어
나와 누군가의 마음을 뒤숭숭하게 하는 것이 편지의 매력이
아닐까.

　적었던 것이 틀린다면, 줄을 그어 취소 표시를 하지
않고 틀린 단어를 네모나게 덧칠하거나, 그림을 그려서 틀린
말을 가리는 일도 귀엽다. 편지를 쓰면서 후회하는, 진심을
전하려다 도리어 어수선해진 상황을 정리하는 말들도
마찬가지다. 퇴고할 수 없어서 한 번뿐이라는 초조함이 그
진심을 둘러싸고 전해질 때, 꼭 그 사람의 목소리가 들리는
것 같다. 내 목소리로 읽는 것이 아니라, 상대의 음성으로
편지가 읽히기 시작할 때 편지 위에서의 독백은 대화로
바뀌게 된다.

　몇 년 전 생일날 받았던 작은 편지 하나가 오랫동안
기억에 남는다. 편지를 봉투에서 막 꺼내었을 때, 편지에
적힌 글씨가 어쩐지 흐릿해 보이는 느낌이 들어 안경을 고쳐
쓰고 자세히 들여다보았다. 연필로 희미하게 쓴 글씨들 위로
내용을 덧칠하듯 볼펜으로 덮어쓴 편지였다. 혹여나 내용이
틀릴까 봐 연필로 먼저 적어보고, 그 위로 틀림없이 적어간
문장들 때문에 글자가 겹쳐 희미하게 보인 것이었다.
그 편지가 몇 겹의 진심으로 덮어 썼는지를 생각하니
조금 눈물이 날 것 같았다. 틀리고 싶지 않은 마음이라는
게, 그렇게 같은 내용을 두 번씩 적은 편지라는 게

난생처음이라서 그랬다. 나를 존중하는 마음이, 진심 어린
마음으로 쓰고 있다는 것이 온전히 전해진 귀한 경험이었다.

　　돌려주지 않아도 될 이야기를 적는다는 점에서 편지는
이 세상에 단 하나뿐인 이야기다. 그것이 계속될지, 그
이야기로 멈추게 될지는 편지 바깥에 있는 사람들의
몫이겠지만. 나는 누군가에게 여러 번 맺힐 이야기가 되고
싶은 것 같다. 편지는 이따금 중요한 날 혹은 아무렇지도
않은 평범한 날에 쓰겠지만 그 안에 간헐적으로 계속되는
이야기가 있다는 게 중요하다. 사람과 사람 사이의 중요한
매듭을 편지로 묶고, 편지로 풀 수도 있을 테니까. 조금
성글고 투박한 방식이라고 해도 평생 다시 고치거나
매만질 수 없는 모양이라서, 그때의 그 마음이 왜곡 없이
그려진 터라서 편지는 영원한 한순간을 붙잡아두는
일이다. 지금은 관계가 틀어지거나 엇갈리게 되어서
그때의 편지에 적은 마음이 유효하진 않겠지만, 과거에
보냈던 진심 그 자체를 부정하지 않고 기억하는 일을
편지로부터 배웠다. 그 마음까지도 퇴고할 수 없다는 점에서
편지는 완벽하게 잊기 위한 기록이다. 그 미완의 아름다움을
나눠 갖지 않고 온전히 타인에게 건넬 수 있어서도 그렇다.
돌려주지 않아도 될 이야기를 하면서, 떠나감과 머무름이
완벽하게 교환되는 편지의 세계를 오랫동안 헤매고 싶다.

5月
빛과 어둠이 우정을 나누는 날에는
어떤 싸움을 잠깐 멈추고는 가던 길도 해찰하게 된다.
그 난분분한 시간이 좋다.

2017년 5월 17일: 녹색 계단

우울함의 전멸을 기다리다가 끝내 일찍 잠이 들었다. 이유에 밑줄을 긋고자 그동안 일어난 몇 가지 일을 꼼꼼하게 읽어나갔지만, 나의 기억은 대부분 나 자신의 편집 기술로 일그러져 있었다는 것. 그래서 읽은 뒤에도 무슨 일이 일어나고 있는지 사실 잘 알 수 없었다. 우울감을 애써 부정하지 않고, 이것은 그저 사사로운 권태의 다른 표정임을 짐작하며, 먹고 쉬는 일에 집중했다. 그런 날엔 정말 좋은 잠을 잘 수도 있다.

나는 왜 이 글을 쓰고 있는가. 일상을 겪어내고 있는 나 자신으로부터 어떤 결핍이 있는지, 어떤 상황에서 어떤 감정이 따라오는지를 스스로 진찰하는 일로써 이 글을 쓴다고 생각한다. 아무도 시키지 않았지만, 매일 아침 출근해 이 글을 쓰게 된다. 2017년 5월 17일의 일기는 2017년 5월 18일 아침에 쓰는 것이니 당일의 아침까지가 어제에 포함되며, 나의 하루는 낮에 비로소 시작한다. 이런 엇박자의 규칙도 나쁘지 않은 듯하다. 드물게도 손으로 쓰는 일기를 좋아했는데, 그게 굉장히 피곤한 일이며 매일 써야 한다는 압박감으로 인해 아무런 일도 일어나지 않은 일상을 과장하고 꾸며 쓰고 있다는 사실을 깨달은 뒤로 더는 쓰지 않는다. 더 이상 흥청망청 글을 쓰고 싶지 않다.

이 일기를 저장해두는 폴더의 이름은 '녹색 계단'이다. 나는 어릴 적 자주 이용했던 녹색 계단을 떠올렸다. 한 걸음 내디딜 때마다 철커덩 소리가 나고, 누군가가 온다는 반가운 인기척으로 인식되어 있는 기억. 내가 편집한 녹색 계단의 의미는 '출발, 반가움, 마무리'였고, 내가 쓰고 있는 이 글들이 나에 대한 새로운 출발이거나 도착이기를 바라는 마음에서 이 단어를 선택했다. 실제로 「녹색 계단」이라는 시를 얼마 전에 쓰기도 했는데, 한 달 동안 퇴고를 해도 진전이 없다. 이런 인공호흡은 멈추고 싶다.

그런 생각은 멈추지를 않는다. 생계 전선에 놓여 있을 때, 나는 최대한 열심히 살았으나 이 '최대한'이라는 부사에 부치는 에너지와 피로감은 반대로 부채처럼 늘어나고 있었다. 그래서 나는 내 삶을 열심히 살고 있지 않다는 결론을 내렸다. 결과의 반복으로 점철된 삶을 어째서 열심히 살았다고 이야기할 수 있을까. 나에게 남겨진 많은 피로와 부채감을 해결하려는 순간부터 내 명의로 된 기쁨과 슬픔도 온전히 가질 수가 없게 되었다.

가족들은 내가 언제나 늘 잘하는 사람이거나, 알아서 하는 사람이기 때문에 내가 기척 없이 해낸 일들에 대해 크게 감동하거나 격려하지 않았다. 나의 가족, 친구, 지인들에게 이유 없이 상처를 받는 부분들도 그렇다. 칭찬을 받고 싶어 하는 어린아이의 칭얼거림도 내 것이며, 사람들이 알아서 짐작하고 넘어가는 것 또한 내 것이 된다.

집에 들어오자마자 커다란 고무나무가 퀴퀴한 실내에서 잘 견뎌주고 있었음을 알아차린다. 그리고 그 짧고 연약한 마음으로 온전히 생활에 진입하는 사람이 된다. 편안한 옷을 입고, 아무렇게나 앉아 있거나 누워 있으면서 마시고 싶은 것, 피우고 싶은 것, 치울 것들을 해내는 나의 작고 사소한 일상. 여기에서 시가 비롯된다고 믿는다. 서로 연결되는 지점을 근원지로 두고 있는 시들이 내게 알려준 것이다.

이런 이야기는 하지 않는 편이 더 낫겠다고 생각되는 그런 이야기들이 시가 되면 좋겠다.

수많은 생각을 꺼내어 말리면서, 나 또한 누군가를 쉽게 짐작하고 있진 않았을까 다시 생각의 자리로 돌아온다. 아주 낮고 침울한, 차갑고 따가운 실내가 눈가를 계속 비비게 만든다.

link 시 「녹색계단」(미발표)

2017년 5월 18일: 검열

꿈에서라도 만났으면 싶은 사람이 없다. 그것이 오늘 치 재난이라고 생각했다. 그리워하는 사람 없이, 기다림 없이 이 도시의 모퉁이를 계속해서 돌아서야 한다는 게. 나를 마주치거나 나 홀로 남겨진 시간을 스스로 감당하고 있다는 게. 이 모든 게 꿈이라면 더 좋겠다. 그런 중얼거림으로 아침을 시작했다.

간밤의 피로를 덜기 위해 회사 앞 작은 카페에서 샷이 네 번 들어간 아이스 아메리카노를 주문했다. 에어컨이 나오는 차가운 카페 안에 있으니, 동남아 여행지에서 만났던 카페의 분위기가 불현듯 생각났다. 차가운 냄새, 차가운 기운, 따뜻하고 온화한 사람들의 표정, 그 안에서 만들어지는 커피, 그 사이에 환절기처럼 어정쩡하게 서 있는 나.

예민한 돌을 골라 깎고 뾰족하게 만든다. 이것은 오늘 치의 도구. 이것은 나의 무기. 누군가는 예쁘게 깎은 돌을 건넨다. 무서워. 숨지 마. 겁낼 필요는 없어. 너를 다치게 하진 않을 거야. 그런데 이 예민한 돌을 좀 봐. 나의 돌과 너의 돌이 부딪치는 소리가 들린다. 우리는 이 불꽃 속을 자주 헤맸다. 싸움도 아니고, 그렇다고 침묵으로 방어하지도 않는 이 전전긍긍의 작은 불꽃을 초라한 열정이거나 뜨거운 쓸쓸함이라고 불러보면 어떨까. 아마도 어려운 일이겠지.

'자기 검열'에 대한 산문을 청탁받아 주말에 곧

송고해야 한다. 마침 편집자 선생님에게서 문자 메시지가
왔다. 나는 지체할 수가 없어서 저녁 내내 이 원고에 대해
생각했다. '검열, 삭제, 요청'이라는 제목을 달고 몇 번이나
글을 써 내려갔다 지우기를 반복했다. 어째서 자기 검열이
시작되는 것인가. 자기 검열이 비롯된 시점의 사건들,
반성하지 않는 사람들, 나를 터득하지 못한 나, 이런 것들이
오고 가며 나를 괴롭혔다. 결국에는 제목만 남은 글,
제목마저도 지우니 캄캄한 자정이었다.

몇 가지 사사로운 대화 속에 참여해, 나의 예민함을
드러내기도 했다. 잘 자란 살쾡이의 젖니처럼 뽀얗고 뾰족한
것이었다. 고향 친구들과 이뤘던 대화창을 빠져나왔다.
추억에 머물러 있는 관계는 지속하기 힘들어서, 그래서 자꾸
현재를 들려주고, 현재를 보여줘야 하는데 그런 것들이
서로의 관심을 끌지 않아서 나는 대화가 쌓이는 것이 보고
싶지 않아 그만 나와버렸다.

퇴근 중이던 한 시인의 쓸쓸함을 통화로 전해 듣다가,
나의 쓸쓸함까지 토해버렸다. 그건 서운함에 가까운
감정이었고, 나는 이를 자주 숨기고 감추는 편이었는데,
많은 질문들 사이에서 돋아났다. 나는 원뿔 모양의 계단을
오르내리며 뾰족함과 원만함 사이를 헤맸다. '우리는 우리를
좀 이해해주자. 그럴 수 있으니까 가능하다면 그렇게 하자.'
이런 말이 하고 싶었지만, 일단 안전한 밤을 보내고 내일
이야기하자는 인사로 대신했다.

가족에게서 소외감을 느끼기도 했다. 동생의 귀가

시간이 늦어지면 어머니는 내게 전화를 걸어 동생의 행방을 묻는다. 내가 묻고 싶은 것이 그것밖에 없는 사람처럼 느껴지면, 어느 순간 나는 걱정하지 않는 대상이 된 것 같다. 알아서 잘하니까, 나는 매우 잘하고 있으니까 걱정할 게 없다는 눈치는 내게 크나큰 소외감을 준다. 모든 이유가 내게서 피어나는 것이었다. 내가 견뎌온 것들은 어째서 물안개처럼 까마득하게 느껴지게 만드는지 조금 원망스러웠고, 이런 생각을 할 때마다 나는 욕조에 물이 넘치는 상상을 하게 된다.

시를 쓰고 싶다. 시는 어둠을 갈라서 한 줄기의 빛을 재구성하는 일이다. 어둠을 가르기 위해 수많은 일상으로 빚은 한 자루의 칼을 쥐는 것이다. 그 최후는 아주 뭉툭한 칼일 수도, 무엇이든 베어버릴 수 있는 가능성일 수도 있다. 그것을 어둠을 향해 사선으로 긋고, 새어 나오는 빛을 따라 그다음 어둠을 계속 건너는 것이다. 시는 어둠과 많이 닮아 있지만, 그것은 빛이 되기 위해 쓰였고, 애초에 빛으로 쓰인 것들이다. 나는 나를 해석하면서 그다음을 진찰하게 되는데, 아주 오래된 미래가 있거나 새로운 과거가 생기거나 이 두 현상의 교집합인 오늘이 어수선한 것도 이 때문이다.

시에 가까워진 순간의 선연한 풍경과 아득한 언어, 형체를 갖춘 마음, 도시의 삼엄함과 공장 연기처럼 피어오르는 친구들과의 다정한 대화, 가족이 있다는

안정감, 내일의 할 일…… 이런 것들이 적당히 섞여
긴장감을 이룰 때 마침 시가 된다. 시가 되지 않는
순간의 실망감은 시가 되는 일에 넣는 마지막 한 스푼의
재료와 같은 것이므로, 나는 금세 주저앉지 않는다. 사실
주저앉기에 이곳은 너무나도 가파르고 높다.

link 산문 「검열, 삭제, 요청」(《문학선》 2018년 여름호)

2023년 5월 19일: 해찰하기

장미가 피는 계절이 되면 십 분 거리도 이삼십 분이 걸린다. 특별히 들를 곳도 없는데, 괜히 담벼락에 핀 장미를 한없이 들여다보거나 초록으로 무성해진 나무와 키 재기를 하는 데 시간을 허비한다. 허비한다는 말은 여기에 어울리지 않겠다. 사실 시간을 들이는 일에 더 가깝다. 사진첩엔 향기 없는 꽃과 나무들로 진창이고, 어둑한 사진들 사이에서 계절을 뽐낸다. 비가 내려 꽃들이 다 질까 봐 노심초사하게 된다.

평소에 자주 먹던 원두를 바꿔보고 싶은 단순한 마음에, 출근길 카페에서 산미가 많고 과일향이 나는 원두를 골랐다. 커피를 내리고 마신 첫 모금에 커다란 파장이 일었다. 일순간에 달라지는 것을 두려워했던 나는 장미가 피는 계절이면 어긋나고 싶어진다. 평소대로의 경로에서 이탈해 한 번도 본 적 없었던 가게와 간판들을 만나는 수고로움을 기꺼이 자처한다. 마시던 커피의 원두를 바꾸거나, 마셔본 적 없던 탄산음료를 편의점 가판대에서 고를 때의 머뭇거림은 시간을 버는 일처럼 느껴진다.

엄마가 어릴 때부터 자주 쓰던 말 중 하나가 있었는데 '해찰하다'이다. 해찰한다는 것은 두 가지 뜻이 있는데, 엄마는 아무래도 '일에는 마음을 두지 아니하고 쓸데없이 다른 짓을 하다'라는 뜻으로 많이 썼던 것 같다. 공부하려고 앉은 책상에서 책을 읽거나 필통으로 게임을 할 때, 항상 해찰하지 말고 하라는 이야기를 했기 때문이다. 처음에는

'해찰하다'라는 말이 사투리인 줄 알았다. 집을 떠나온 뒤로 단 한 번도 들어본 적 없었기 때문이다. 언젠가 친구들 사이에서 문득 해찰하지 말자고 말했더니, 그런 어려운 말은 쓰지 말라는 소리를 들었다. 귀가 따갑도록 듣던 말인데, 의아했다.

이제는 해찰하자는 말이 더 좋다. 충분히 방황하고, 충분히 배회하는 넉넉함이 삼십 대에는 생길 줄 알았으니까. 그런데 나의 반경은 더 소극적이게 되었고, 더 위축되었다. 시도에 담긴 실패보다 익숙함에 담긴 후회를 더 선호하게 되었다. 사실 그것을 극명하게 느끼는 건 시를 쓸 때인데, 내가 원하는 문법으로 시를 쓰게 될 경우에 금세 도착할 수 있다. 해찰하지 않고, 곧이곧대로 쓰는 방식이다. 제멋대로 쓰면서 꼭 어디가 고장 난 기계처럼 굴고 싶지 않다가도 금세 쓴 시는 지운다. 쓰던 대로 쓴 시는 지우는 데도 미련이 없다. 시도하고, 상처 나고, 버려짐에 많은 기준을 가져오고, 심판하고, 선별하고, 다시 숨기고, 은폐하고, 흉내 내고, 그런 시간들 속에서 단어 하나, 문장 하나를 식별하는 나의 익숙함은 시 위에서 가장 큰 적으로 드리운다.

장미에 해찰하는 계절도 몇 겹이 되다 보니까, 그마저도 반복처럼 느껴질 때가 있다. 그래서 장미 옆에 있는 나팔꽃에, 나팔꽃 인근에 무더기로 피어 있는 유채꽃에 눈길을 돌린다. 구청에서 나와 심은 꽃을 보았는데 사프란이라는 이름이 붙어 있었다. 섬유 유연제 이름이 이 꽃에서 나왔나 싶을 정도로 익숙한 이름이었다. 꽃

이름 아래엔 네임펜으로 적은 꽃말이 팻말로 꽂혀 있었다. '지나간 행복'. 예전엔 지나간 행복이라는 말이 슬프게 느껴졌겠지만, 지금은 행복을 지날 수 있어 좋았겠다 싶어진다. 그러다 보니 십 분 거리가 영영 도착할 수 없을 것만 같은 미로가 되기도 한다.

능숙하게 할 수 없어 좋다고 말해버렸다. 시를 읽고 쓰는 수업 시간에, 수강생들의 졸린 얼굴을 들게 하려고 한 자극적인 말은 아니었다. 햇수로 15년이 지났는데도 나는 여전히 시 안에서 해찰하는 중이다. 사프란의 꽃말 때문에 시 한 줄을 끼었으며 시작했고, 그 시에서 나는 국어사전에서 한 번도 불린 적 없이 잠들어 있는 단어들에 대해 이야기한다. 이름을 불러주는 일이 좋다. 이름을 부르면 그 사람을 꾹꾹 눌러 담는 것 같다. 5월에 난데없이 피어나는 장미들을 보면, 그들은 꼭 사랑하는 사람의 이름을 한꺼번에 호명한 목록처럼 느껴진다. 기세가 좋고, 무엇보다 사랑스러워서 지나가는 사람을 해찰하게 만든다는 점이 아무렴 매력적이다. 지나간 행복으로 만드는 순간적인 장면이 그렇다. 그래서 일단 시에서 많은 비를 내리게 한다. 창밖은 이토록 화창한데, 장미와 어깨동무하는 꽃들이 절정인데, 해찰하지 않을 수 있을까.

link 시 「사프란」(《한국문학》 2023년 상반기호)

2023년 5월 21일: 부메랑을 쥐고

어제 선배 시인에게 부메랑을 선물 받았다. 호주 원주민들이 직접 만든 상징적인 부메랑이었는데, 호주에서 사 올 법한 기념품이었지만 어쩐지 마음에 들었다. 부메랑을 가방에 넣지 않고 손에 쥐고서 집까지 왔다. 부메랑을 날리면 돌아올 수 있을까, 던진 만큼 뛰어가 부메랑을 줍고 돌아오던 어린 날의 시간이 생각났다.

시 창작 수업을 하면서 내가 가장 공들여 듣는 것은 사람들이 한 주 동안 어떻게 보냈는지 이야기하는 수업 초입의 대화다. 각자 한 주 동안 자신의 안부로서 무슨 일을 했는지 선별하여 이야기하는 것인데, 그것을 듣는 게 무척 흥미롭다. 내가 그들에게 아는 정보라고는 이름밖에 없으니까, 새롭게 한 사람의 정보로 입력되는 그들의 한 주가 쌓여가다 보면 한 사람을 그리게 된다. 사람들은 즐겁고, 화가 나고, 슬프고, 쓸쓸했던 이야기를 꺼내어 놓는데 그러면 자연스럽게 그 이야기를 듣고 자신의 경우를 들려주며 나란해지는 순간이 있다. 이야기가 다른 이야기를 두드려 꺼내는 경험을 하게 된다. 시계 방향으로 이야기를 시키면 처음에는 망설임으로 지연되기도 하다가도, 막상 시작하면 시간 가는 줄 모르게 된다.

수업은 언제나 헤어짐이 있고, 다음을 약속할 방법도 없기에 어떤 사람의 안부는 몇 년 전의 사소한 기쁨으로, 몇 년 전의 화가 났던 이야기로 멈춰 있기도 하다. 그래도 그 이야기들이 희석되거나 희미해지지 않고 고스란히 남을 수 있는 것은 바로 시 때문이다.

얼마 전에는 원고 청탁 전화를 받았는데, 담당 편집자가
자신을 기억하느냐고 물었다. 몇 년 전 도서관에서 시
수업을 들었던 사람이라고 소개했는데, 수강생이 워낙 많다
보니까 이름만으로는 떠오르는 게 없어 당황했다. 그러다가
그때 합평 받았던 작품 이야기를 하니, 한꺼번에 그 시간이
이끌려 왔다. 화분에서 작은 나무를 뿌리째 꺼내는 일처럼.
시는 사람보다 더 오래 남는다는 것을, 시는 시간과 기억의
영역 바깥에서도 계속된다는 것을 깨달았던 순간이다.
그제야 알은체를 할 수 있어서 좋았다.

무슨 일을 하다 보면 시로 돌아와야겠다는 생각이
든다. 시로 돌아간다는 건 시를 쓴다는 이야기, 시를
읽는다는 이야기겠지만 조금 더 공정하게 말하자면 시를
생각하겠다는 뜻이다. 생업 때문에 후 순위로 밀려난 시를
가운데로 데려와야겠다는 생각이 들면, 꼭 '돌아가겠다'라는
표현을 쓰게 된다. 아무도 오지 않은 강의실에 앉아서, 각자
버스와 지하철과 택시를 타고 올 사람들을 기다리면서
'잠깐 돌아왔다'는 생각을 했다. 나무를 정갈하게 깎아
만든 부메랑을 쥐고, 다시 집으로 가는 동안에도 돌아가야
한다는 생각을 지울 수 없었다. 돌아가 제자리에 머무르는
동안에는, 또 얼마나 멀리 떠날 수 있을까, 얼마나 멀리
던질 수 있을까 그런 생각을 하겠지만 시로 돌아와야만 할
수 있는 상상력이다. 나는 그 가능성을 시의 멀리뛰기처럼

헤아리거나, 시의 높이뛰기처럼 기록하기도 한다. 나는 없지만 시는 여전히 여기에 있을 것이기에. 우리는 없지만 우리의 시가 거기에 그대로 있을 것이기에.

2023년 5월 24일: 초대

　고등학교 특강에 초청되어 다녀왔다. 시간이
어중간하게 남아서 카페에 있다가 가려고 했는데 학교가
거대한 아파트 단지 사이에 있는 바람에, 상권은 거의
없고 주거 단지를 주축으로 건설된 장미 담벼락만 있었다.
다행히도 그 앞에 벤치들이 띄엄띄엄 놓여 있어서 그늘이
진 곳을 골라 앉았다. 그리고 집에서 챙겨온 엽서를 꺼내어
선생님께 하고 싶은 이야기를 적어 내려가기 시작했다.
8년 만이에요. 시간을 셈하여 굳이 이야기를 시작한 이유는
8년이라는 시간 동안 우리가 서로를 잊지 않고 있었다는
사실을 함께 감격하고 싶어서였다. 8년 전 나는 선생님의
제안으로 한 고등학교의 문학 협력교사로 1년간 일했다.
2학년 학생들의 문학 시간을 할애해 창작 수업을 진행하는
임무였다. 학구열로 뜨거운 요즘 학교에서 창작에 시간을
할애한다는 것은 무모한 도전처럼, 선생님의 낭만처럼
느껴지기도 했는데 그때의 선생님은 코뿔소처럼 무모하고
거침없었다. 요즘에도 이런 선생님이 있구나 생각하며
다행스럽게 여기기도 했다.

　내가 좋아해온 선생님들은 대부분 독불장군처럼
고집스러운 면이 있다. 그리고 그 참뜻은 시간이 다 지난
뒤에 고귀하게 빛나기도 하는데 생각해보면 학생들에게는
귀찮은 일이었고, 공부와는 크게 상관없던 일이기도 했다.
문학 협력교사를 끝마치면서 나는 많은 학생의 환대 속에서
퇴장했다. 선생님과는 그것으로 인연이 끝나는가 싶었는데,

서로 가끔 어떻게 지내는지 안부를 묻고, 또 초대할 수 있는 자리가 생길 때마다 연락했다. 정확히 얼굴을 보는 것은 8년 만이었다.

다른 학교에 들어설 땐 왠지 침범하는 마음이 들어서 조회대를 서성거리고 있었는데 선생님이 손을 흔들며 나왔다. 학교에서 선생님이 나오니까, 8년 전에도, 지금까지도 계속 여기에 머물러 있는 것 같아서 이상하고도 익숙한 풍경처럼 느껴졌다. 우리는 허술한 인사를 나누고는 특강이 마련되어 있는 장소로 가서 준비했다. 선생님을 처음 뵈었을 땐 출간한 책이 한 권도 없어서 괜한 내용으로 약력을 꽉 채우고 있었는데, 교탁에는 그동안 내가 출간한 책들이 쌓여 있었다. 8년이라는 시간으로 공든 탑 같은 모양이었다. 실은 거의 대부분의 내가 쏟아져 있는 것이기도 했다.

학생들과 공동 창작의 시 쓰기를 하였다. 아이들은 정말이지 똑똑하게 대처하고 상의하면서 시 쓰기에 참여했다. 조금 놀라웠던 것은 아이들이 대부분 자신의 문장을 옮겨 적기 전에 낙서하고, 연습해보는 도구로 태블릿 PC를 쓰고 있었다는 것이었다. 그리고 어딘가 조금은 이상하게, 너무 정직하고 정확하게 이 시간에 참여하고 있다는 생각도 들었다. 엉뚱함이나 정답의 빗발침 속에서의 오답이나 나의 균열을 매만지는 문장 하나쯤은 만날 수 있지 않을까 기대했는데 다들 모범 답안처럼 내가 건넨 과제를 성실하게 해냈다.

선생님과 근처 식당에 가서 저녁을 먹고, 갑작스럽게
찾아온 봄 더위에 빙수까지 먹었다. 그동안 어떻게
지냈는지를 이야기할 땐 가장 중요한 순서로부터 가장 덜
중요한 순서로까지 나아가는데, 그 이야기를 고르면서 내가
지나온 하이라이트를 자연스럽게 편집할 수 있었다. 못다 한
이야기가 더 많았지만 그쯤으로 하고 헤어졌다.

2020년 5월 28일: 웅덩이 그려 넣기

아침에 눈을 뜨면 내게로 내던져지는 생각들이 있다. 그 생각들을 끌어안고 일어나는 시간이 반갑기도 하고 고통스럽기도 하다. 운 좋은 배차 시간을 만나 한산한 버스를 타는 행운으로 나의 하루 치 행운을 다 써버리는 것은 아닐까 불안할 때도 있다. 무엇에 기대고 있는가를 잘 아는 방법은 불안밖에 없다는 듯이. 그러나 그것이 내게 결코 보여주지 않는 것도 있으니 믿어볼 만한 일이다.

몇 차례 시 마감을 하고 나서는 읽지도 쓰지도 않고 있다. 이런 사실을 곱씹는 것은 일종의 죄책감이 들기 때문이기도 하다. 올해에는 이미 벌써 많은 것을 썼다는 생각이 든다. 쓰고 있을 때 가장 나를 잘 만날 수 있어서 좋고, 쓰지 않을 땐 나와 헤어져 있는 기분이 들어서 좋다. 요즘엔 자신감에 대해서도 많이 생각한다. 내가 자신 있게 하는 것들, 생각해보면 얼마 없다. 실수하지 않고 욕먹지 않으려고 하는 것들이 더 많고, 그러다 보니 많은 웅덩이는 피해 간다. 그 길이 오솔길이었으면 하고 또 바라는 것은 무엇도 묻히고 싶지 않은 흰 운동화를 신은 나의 모습이고. 이제는 좀 마음대로 하고 싶은데, 그 마음을 모르겠다.

비 오던 날, 누군가의 부고를 들었다. 알게 된 이후로 교류가 없어서 소식만 전해듣는 사람 중 한 명이었다. 얼마 전에 SNS 친구를 끊은 사이이기도 하고, 무거운 가방을 메고 문학 캠프를 갔던 어리숙한 여름방학에 만난 사이이기도 했다. 4년 전에 플리마켓에서 우연히 인사를

나눈 것이 전부지만, 그게 전부는 아니었을 테고. 다
부질없어라, 그렇게 말하고는 안간힘을 쓰던 나를 관두는데
그러면 편해질까. 비가 오는 것이 수상하고, 이 기분을
다그칠 수 있는 그 무엇도 없다는 것도 의문을 남긴다.

사람들이 외로워서, 그 외로움에 서로를 눈부셔하며
유령처럼, 헤매고 맴도는 곳에 나는 앉아 있거나 기대어 서
있다. 그 외로움을 마주치고 싶지 않아서 가짜 웃음으로
화답하고, 간단한 안부를 말하지만 내가 다그칠 수 없는
기분이 깨어나거나, 그 사실을 들킬까 봐 나는 어디론가
도망가고 싶어진다. 유령일 때 그것은 얼마나 많은 어둠을
베껴갈 수 있는지, 분위기에 쉽게 젖어드는지. 시를 쓴다는
자기소개가 돌림노래처럼 퍼지고 잠시 흔들림을 잊고
우리는 출렁거리는 다리 위에서 걸음을 모아 보폭을 좁게
딛는 사람들처럼.

비를 실컷 맞은 건물의 실외기들이 다시 열심히
죽음을 향해 돌아가기 전에, 여름에 채 닿지 못한 사람을
생각하면서 다그칠 수 없는 기분을 날씨로 살면서
환해지는 것을 느끼는 이 반복을 무를 수 없다고 다시 한번
생각하면서, 비 오기 전 습하고 물기 가득한 날씨 속에서
비가 많이 들어 있는 날을 살게 된다.

괜찮은 시간 속에서 괜찮지 않은 곳에 손이 가는 이유는
이유가 맺히지 않기 때문이겠지. 내가 멀어져야 할 것들과,
내가 가깝게 다가서 있어야 하는 것들을 분별하는 시간이다.
은연중에 생각나는 것들에 먹이를 줘서는 안 될 것이다. 내

옆에서, 내 안에서 계속 재잘거리는 것들의 노래에 맞춰 풍경을 간직하는 것. 그것을 오래 보관하기 위해서는 발이 빠지기 좋은 작은 웅덩이 하나를 꼭 그려 넣어야 한다.

link 시 「블루」(앤솔러지 『여기서 끝나야 시작되는 여행인지 몰라』 2020, 알마)

2017년 5월 29일: 나의 뼈를 붙잡는다고

불현듯 시가 나의 손목을 붙들고서는 이것 좀 보라고, 이렇게 써야 한다고 재촉하는 때가 있다.

그런 이끌림으로부터 쓰게 된 시들. 나도 모르게 내가 쓰고 있던 시를 과연 내가 쓴 것이라고 자신 있게 말할 수 있을까. 나는 대답하기 곤란하다. 그러나 때로는 이 곤란함이 반가울 때도 있다.

잘 정돈된 방 안으로 들어와 소파에 누워 스마트폰을 만지는 것으로 소일하는 하루 중 일부, 분위기를 헤매는 앵커의 뉴스를 전해 들으면서 세상에는 정말 많은 일이 일어난다고 느낀다. 그 두려움 앞에 나의 지극히 평범한 생활의 안위를 살피다가, 내 생활에서의 뜻밖의 일들이란 내가 쓰게 될 시들이 아닐까 생각한다. 시는 멀리서 보았을 때 꼭 눈금 같아서, 어떤 시절을 재고, 일정하지 않은 간격이나 측정 불가능한 거리로 멀어진다. 이 시는 삶을 경험하고 있는 내게서 나온 것이니 그렇다면 내가 쓴 것이라고 말하는 것이 맞는가.

이 일기를 지속하는 게 조금 지겨워지고 있다. 대학교에 연설문과 비슷한 강연 자료를 송고했고, 이것을 어떻게 읽을지 고민이 되고 있다. 연설하는 사람의 격앙된 목소리가 필요한가, 낭독회의 수줍은 시인처럼 고요하고 차분한 목소리가 필요한가. 우리는 그것을 다 읽고 무엇이라고 말할 수 있을까.

집 건너편 주택에 사는 노인은 매일 할 일도 없는지

골목을 서성거리며 마당 환경을 꾸미느라 시간을 소일한다. 몇 번은 나의 우편함에서 책을 훔쳐 폐지를 줍는 노인에게 줘버린 것을 알게 된 이후로 나는 그와 인사하지 않는다. 그는 내가 분리수거를 위해 내놓은 것들을 샅샅이 확인하고는 주섬주섬 무언가를 챙겨간다. 나는 내가 되고 싶지 않은 노인과 같은 동네에 살고 있다. 그런 생각을 하다가 누군가를 흉보는 일은 제 얼굴에 침을 뱉는 것 같다고 느껴졌다. 그래도 그가 열심히 가꾼 마당의 화분들은 부럽고 가지고 싶다. 그게 시간이 많다고만 해서 가질 수 있는 것도 아니니 어쩌면 질투일 수도 있겠다.

　무료하고 적막한 날들 속에서 해가 길어진 것을 확인한다. 모두가 초여름이 된 것 같다며 성화일 때 나는 이날을 따뜻한 봄의 어깨라고 말하고 싶다.

2018년 5월 30일: 꿈 마치

버스에 앉아 사람들을 구경하면, 세상은 곧 재밌어질 기미를 보인다. 사람들이 무슨 옷차림인지, 그리고 오늘 날씨를 어떻게 이해하고 판단하였는지 따져보면 그렇다. 등교하는 초등학생들이 하나같이 우산을 챙겨 걸어가는 모습을 보면 아뿔싸 비가 오는 것을 그제야 알아차리게 된다. 굉장히 정확한 기상 예보이기도 하다.

요즘 날씨가 화창해져서 많은 사람을 차창 밖으로 선명하게 볼 수 있다. 어딘가 바쁘게 가는 사람들, 교복 입은 학생들, 출퇴근하는 직장인들, 장을 봐서 집에 들어가는 사람들, 젊은 연인들. 이들의 머릿수를 헤아리다보면 어느새 만원 버스는 텅 비어 있고 나는 잠에서 깨어난다. 꿈이었나.

침대에 누워 메이 사튼의 책 『혼자 산다는 것』을 마저 다 읽고 원고를 쓰기 시작했다. 한 문예지에 계절마다 예술가 한 명을 상정하여 산문을 쓰고 있다. 이 책의 번역자인 최승자 시인의 말이 인상적이었다. 메이 사튼이 자신의 일상에서 꽃이나 바람, 자연물에 대해 노래하는 장면이 무척 많았는데 그것이 자연물에 자신의 마음을 투영하고 읽어가는 과정이라고 했다. 그러자 그 모든 뜬구름 잡던 이야기가 한꺼번에 와닿았다. 그는 많은 사람들을 만나는 기간에는 일기를 쓰지 않았고, 오로지 혼자에 머물러 있다고 생각할 적에만 일기를 쓰면서 자신의 삶에 집중하고 있는 듯 보였다. 주변인이라고는 그녀의 친구 주디와 키우는 새 정도의 이야기밖에 나오지 않는, 허전하고 쓸쓸한 그의 일기 내벽을 읽어가다 보면, 자연스레 나의 생활도 겹쳐서 보게 된다. 나는 그런 점에서 타인의 일기를 읽는 것도 좋아한다.

메이 사튼은 자신의 작품 『꿈을 깊게 심고』로부터 오해를 샀던 자신의 이미지에 대한 고충을 털어놓기 위해 이 일기를 썼다고 한다. 그래서 더욱 자신의 진솔한 삶에 가까이 다가가 귀 기울이고, 기록해나간 것으로 보인다. 그녀는 친구들을 자신의 진실된 사랑으로 비유하지만, 그것이 자신을 외롭게 하는 것임도 잘 알고 있다. 여러 자신의 상황을 들추는 부분에서 나는 매료되었고, 그녀가 정원 가꾸기를 하는 것에 자신의 심정을 투영한 것과 같이 나 역시도 그녀의 삶 일부분에 비스듬히 나의 삶을 투영해 바라보았다.

많은 생각들의 뒤척임 끝에는 언제나 잠에서 깨어나는 내가 있다. 그에 대한 산문을 쓰면서, 그가 더 좋아졌다. 내가 아는 것을 다 쏟아내도 그를 좋아하는 마음을 다 표현하지 못했다는 생각이 들 때부터 그랬다. 원고를 쓰고 잠깐 잠이 들었다. 일어나보니 원고를 쓴 게 꿈인 것 같아 허탈함이 들어 컴퓨터 앞에 곧장 다가섰다. 꿈이 아니었다.

생각과 꿈은 가닿을 수 없는 거리에 있다는 점에서 공통적이다. 유령처럼 점진적으로 나타나지 않으면서 동시에 존재한다는 것까지도. 생각은 꿈의 건축술이고, 꿈은 생각의 이동 경로다.

"사람은 어떻게 자라는 거지?"

요전에 한 친구에게 물었다. 약간의 침묵이 있었고,
그녀는 이렇게 대답했다.

"생각함으로써."

－메이 사튼, 『혼자 산다는 것』 중에서

6月
놓아주는 일로 사랑할 수도 있을까?

2023년 6월 3일: 피자를 먹는 뒤풀이

4주의 짧은 수업을 마치면서 우리는 간단한 뒤풀이를
하기로 했다. 피자를 주문해 가져오고, 각자 가져온
음료수를 마시는 무척 소박한 시간이었다. 소박하니까 그
아쉬움은 반대로 선명해져서, 수업이 끝나고 사람들의
이야기에 귀를 기울였다. 먹던 피자가 많이 남아서 조각
조각 흩어져 있던 피자를 한군데에 모았다. 그 몫을 아무도
가지려고 하지 않아서 내가 가져왔다. 냉동실에 소분해
넣어두려고 피자 상자를 열었을 때, 서로 다른 맛의 피자가
모여 한 조각의 모자람도 없이 하나의 원을 그리고 있었을
때, 우리의 좋았던 시간을 비로소 실감했다. 이런 우연
없이도 충분하게 좋았던 시간이지만.

'좋다, 좋았다' 이런 말들로 설명하기 힘든 그 진짜
좋음은 기쁘고 웃는 일로 기억되는 게 아니라 애틋하고
그리운 시간으로 둔갑해서 나타난다. 무엇이, 왜 좋았을까
그런 생각을 해보았지만 대답을 하기 어려웠다. 사람들이
모였을 때 생기는 합은 그 누가 의도해도 의도할 수
없는 것인데, 합이 좋았다. 조화가 있어서 떠나기 싫은
시간이기도 했다.

수업을 하며 그동안 만났다가 헤어진 사람들을
생각하면 아득해지기도 하는데 이별의 달인이 되지는
못했다. 지금 친구처럼 곁에 남아 있는 사람도 있고, 그때
나눈 안부를 끝으로 영영 새로운 소식을 알지 못하는
사람도 있고, SNS를 통해 소식을 조용히 엿보거나 전해

듣는 이야기로 완성되는 그리움도 있다. 그런 일들은 대부분 슬픔이 아니라 기쁨에 가깝다. 사실은 맑고 투명한 슬픔이라서, 그 귀한 헤어짐을 매번 할 수 있어서 좋기도 하다. 그러니까 슬프다는 말이다.

기쁨과 슬픔이 혼재되어 있는 헤어짐 앞에서 나는 언제나 불리한 편이다. 한꺼번에 여러 사람과 헤어지게 되니까. 물론 합이 좋은 수업에서는 공평해진다. 나뿐만 아니라 함께 시를 읽고 쓴 사람들과 동시에 헤어지는 기분을 느끼기 때문이다. 항상 마지막 수업 날에는 가장 먼저 강의실에 찾아가 사람들의 모습을 본다. 어떤 얼굴로, 어떤 옷차림으로, 어떤 가방을 메고 수업에 들어오는지 보며 그 사람이 이 강의실의 문에 들어서기 전까지 어떤 시간을 지나왔을까 상상하곤 한다. 그러면 두 시간 남짓 이야기하는 시간에 마음을 온전히 다하게 된다. 그리고 그들이 홀연히 다시 강의실을 빠져나가 집으로 돌아가는 뒷모습을 본다. 다시 혼자가 되는 시간을 견디기 위해 우리가 잠깐 모였다 흩어진다는 생각을 한다.

냉동된 피자를 다시 녹이면서, 그것을 새것처럼 베어 물면서 그때 그 맛이 아니로군, 그러나 여전한 것이 있어. 시간이 지나면 눅진해질 수밖에 없는 것. 그렇다 해도 이것이 서로 다른 종류면서 마치 한 판의 피자처럼 짝이 꼭 맞았던 일은 잊을 수 없을 거야. 짝수로 나뉘었던 그날의 밤을 오랫동안 기억하게 된다.

2018년 6월 7일: 서른 살

가끔 독자들과 만날 기회가 생기면, 그들은 언제나 첫 시집에 수록된 시 「스무 살」에 대한 이야기를 꺼낸다. 나는 그 시가 많은 이들에게 사랑받을 줄 몰랐다. 기대하지 않았던 한 문장이, 그리고 내게는 멀찌감치 지나온 스무 살의 감정이 누군가에게 가깝게 닿았던 모양이다. 애초에 그 시는 한 줄짜리 시가 아니었고, 지금의 남겨진 한 줄로 기억하는 사람에 의해 고쳐졌다.

퇴고는 삭제하는 일에 불과하지만, 불과하다는 표현이 적합한지 잘 모르겠다. 단어를 더 좋은 단어로 바꾸고, 문장을 매끄럽게 다듬는 일을 퇴고라고 생각하지 않는다. 퇴고는 목수의 태도를 지니고 이리저리 고치는 사람이 아니다. 조각가로 비유해볼까, 그것은 너무 유려한 자세와 마음이 필요하겠다. 퇴고는 삭제하는 일로 시작해서 삭제하는 일로 끝나야 한다. 삭제된 것을 후회하지 않아야 하므로 매우 신중한 자세가 필요하며, 무엇을 걸러낼 것인가에 대한 올바른 기준이 필요할 것이다. 가끔 그 기준이 못 미더워 누군가의 기준을 빌리기도 한다. 이때 누군가의 기준은 내가 읽고 경험한 모든 예술에 발을 뻗고 있다.

그래서 나는 서른에 가까운 나이가 되어가고 있고, 친구들은 내년에 서른이 된다. 나는 서른을 진심으로 축하해주고 싶은 마음이지만, 아주 오랜만에 자신의 나이 앞자리 숫자가 바뀌는 걸 경험하는 친구들이 그 낯선

삼십 대를 어떻게 시작할지 궁금하다. 항상 1년씩 늦는 빠른 생일을 가진 나는 이들의 순진무구한 좌충우돌을 간접적으로 경험하고 차분하게 맞이하는 편이다. 어제 내가 쓴 시는 모처럼 제목이 아닌 한 구절로 시작했다. 그리고 그것은 아주 일상적인 경험에서 시작했다. 바나나를 먹게 되었는데, 바나나의 멍든 모양새를 보고 처음 쓰게 된 시다. 나는 이 시의 제목으로 '서른 살'이 좋겠다고 생각했다. 잉게보르크 바흐만의 「삼십 세」도 최승자의 「삼십 세」도, 최영미의 「서른, 잔치는 끝났다」도 모두 서른에 대해 이야기한다. 비로소 이것을 이야기해볼 수 있을 것 같다는 비장한 심정으로. 내가 「스무 살」을 쓴 것과는 다른 마음이 들지 모르고, 아직 나는 서른 살이 되지 않아 이 시를 서른 살까지 기다려보고 싶은 심정이다. 목수는 기다리지 않고 서둘러 낡은 집을 고치고 새롭고 단단한 나무를 잘라 덧대는 일을 한다. 퇴고는 오랜 기다림, 혹은 기다리지 않기 위해 단호한 마음으로 잘라내는 날카로움이 필요하다. 이때의 날카로움은 신중함보다 예민할 수는 없다.

오늘은 곧 출간될 시집의 교정지를 전달받기 위해 편집해준 편집자이자 시인인 형을 만났다. 만나서는 형에게 다짜고짜 물었다.

"형, 서른이 됐을 때 기분이 어땠어요?"

너무 천진한 질문인가? 싶으면서도 대답을 듣기 전에 여러 가지 가능성 있는 대답을 순식간에 상상했었다. 의외로 좋다는 말을 들을 수도 있을 것 같고, 어쩌면 잘 모르겠다는 대답도 있을 것 같았다. 돌아온 대답은 아주 선명했다.

"지옥 같지."

왜 지옥 같은지 설명을 들으면서, 최근에 내게 벌어진 몇 가지 일들 때문에 지옥 같은 날들로 형용했던 사실을 떠올리게 되었다. 어떤 일이 특별히 벌어지지 않고, 암울함으로 드리운 삼십 대의 이야기였다. 나이가 주는 불운 같은 삶의 분위기를 어찌 견뎌야 할까.

시를 더 열심히 써볼 수밖에 없겠다는 희망적인 이야기를 나누고 우리는 헤어졌다.

link 시집 『휴가저택』(2018, 아침달)

2019년 6월 11일: 싸우는 소리로

싸우는 소리로 시를 써야 한다고 생각하던 시절이
있었다. 그런 생각을 철회했을 때에도 여전히 싸움은 끝나지
않은 상태였다.

고요를 견디지 못할 때 짓이기는 소리. 거기에서부터
시작되는 싸움이 있었다. '나'라는 현장으로 재구성되는
시 안에는 말하는 자와 말하지 않는 자의 영역 다툼이
벌어진다. 그게 모두 나의 모습이지만, 어떤 모습에는
도움을 주고 싶고, 어떤 모습엔 그만 항복하라고 타이르고
싶다.

얼마 전에 쓴 시는 그런 현장의 처참함을 그대로
옮겨 적는 경험이었다. 경찰 채증처럼, 앞다퉈 그 현장을
담아내고 여기저기서 부딪치며 넘어지는 듯한 느낌. 이것이
내가 오롯이 지나고 있는 어떤 굴곡이라면, 이 굴곡이
처음에 일렁이기 시작했던 고요로 돌아가게 된다. 고요가
점멸할 때 필요한 소란에 대해서도 생각하게 된다.

여러 편의 시를 동시에 보낼 때의 순서는 시인이 시를
쓰지 않는 영역에서 가장 시적으로 벌일 수 있는 일이
아닐까 생각한다. 지면의 배열에 따라 바뀔 수밖에 없지만,
시를 사이사이에 두는 그 의미까지 더해 읽는다면 훨씬 더
풍미 있는 시 읽기를 할 수 있으리라 여겨지기 때문이다.
오늘 보내야 하는 일곱 편의 시들 가운데 가장 처음에 두고
싶었던 시는, 가장 잘 썼다는 확신이 아니라 이 모든 시들의

진원지처럼 느껴지는 시였다. 가장 처음에 쓴 시는 아니지만
쓰고 보니 여러 편의 시의 근원처럼 여겨지는 시를 맨 앞에
두는 것은, 여러 시들이 갖는 흐름의 개연성이나 설득을
위해서다. 나와 어울리지 않는 제목이라 여겨지지만 시는
어울리지 않는 것들을 새롭게 정의 내리며 곁에 두는 일일
것이다.

　　싸움의 격전지에서 언제나 지는 쪽은 말이 많은 쪽이다.
더 많은 약점이 드러나게 되고, 빈틈이 생기기 마련이니까.
그러나 말 없는 쪽도 당하기는 쉽다. 시가 붙잡아두는 때와
찰나들 속에서 무엇을 침묵할 것인지, 또 무엇을 말할
것인지 결정하는 시인의 운명 속에서 그 싸움은 한 인간을
상처투성이로 돌려놓는다. 회복의 자리에 새살이 오르면서
다시 태어날 자신을 위해.

link 시 「싸이코」(시집 『소소소 小小小』 2020, 현대문학)

2017년 6월 13일: 고요 선생

나는 나의 고요를 듣고, 나의 고요를 누설한다.

시는 나의 공범으로, 나를 돕는다. 돕지 않을 때면 나는 고요를 들킬 수 없을 만큼 시끄러운 세계 속을 쭈뼛쭈뼛 서 있을 뿐이다.

나는 나의 고요를 듣다가 아무것도 들을 수 없게 되었다. 그래서 시를 쓰고 읽게 되었다. 나의 미세한 음성을 더 잘 듣기 위해서 고요를 넘봤다. 더 나은 고요가 되기 위해 침묵했다. 뾰족하게 마음을 세공하고, 그 마음을 다른 사람에게 갖다 댔다. 피가 나지 않고, 아무도 다치지 않았는데 우리는 싸움이 끝난 뒤의 기분으로 집에 돌아왔다.

돌아온 집 안에서 홀로 남아 쓴다.

2018년 6월 15일: 오카리나 불기

전날엔 무척 피곤해서 저절로 눈이 감겼다. 걷고 있어도 걷고 있는 기분이 아닌, 피곤함에 흘러 다니는 기분이었다. 이것은 마음에서 비롯된 기분이 아니라, 몸에서 비롯된 기분. 몸의 기분은 분명하고 성실하게 고통을 투여하고, 그것을 견디는 마음은 언제나 몸보다 나중에 기운다.

잠에게 지고 싶지 않다는 생각을 한 것 역시 글을 써왔기 때문이다. 언제나 어렵게 잠들려고 할 때면 머릿속으로 시가 써진다. 누가 불러주듯이, 나의 음성으로 적히는 시를 생각하다 보면 잠이 달아날 때가 있다. 나의 어린 양들을 세어 꿈결로 가기 직전에 만나는 시, 나는 이런 시들을 종종 놓쳤다. 아침에 일어나자마자 써야겠다는 생각이 들었지만, 자고 일어나면 아무것도 생각나지 않는 시. 그런 시들로도 책 한 권은 묶었을 테다. 어쨌든 여러 방편을 고민해 머리맡에 수첩과 연필을 놓아두기도 하고, 핸드폰 메모장에 무언가를 열심히 적어보기도 했다. 그 찰나에 달아나는 잠, 그리고 잠을 먼저 보내고 쓴 시들도 있다. 그 시들은 내게 귀하고, 아무것도 생각나지 않을 시의 얼굴이기도 하다.

퇴근 후에 초등학교 동창과 대학교 동창을 만났었다. 각각 친구들과 한 시절을 풍미했다는 사실로부터, 그리고 우리가 새로운 공간에서 새로운 이야기를 펼치고 있다는

것에서 무척 흥미로움을 느꼈다. 대학교 친구는 늘 해외로
여행을 갈 때면 내 선물을 사 오곤 했다고 했다. 그런데 그
친구는 나와 만날 새가 없어서 자신이 그 선물을 써버리곤
했다고 전했다. 그날 친구가 가져온 것은 대만에서 산
도자기 오카리나였고, 작은 교본 책도 함께 들어 있었다.
집에 돌아와 오카리나를 목에 걸고 불었다. 불면 소리가
그대로 나오는 악기, 리코더나 멜로디언 같은 것을 붙잡으면
늘 불러보는 가장 기본적인 멜로디. 우리는 언제까지나
기초 앞에 서 있는 공사 인부의 마음으로 높이 지어지게 될
건물을 바라보고 있었다.

　　사람과의 관계는 사회적인 연결로 봤을 때 굉장히
중요하나, 그다지 중요하지도 않다. 다양한 관계 속에
맺어지는 나 자신의 거울은 많은 곳을 비출수록 피곤해지기
때문에, 사람을 선별하기도 한다. 그러나 그 선별의 기준이
폭력적이거나 왜곡된 것이 아니어야 한다는 점에서,
자연스레 가까워지고 멀어지는 거리감 속에서 우리가
필연적으로 약속하는 것은 약속하지 않는 것임을 알게
되었다. 시를 쓰겠다고 스스로 약속한 뒤로 약속을 자주
어기는 사람이 되었다. 이 시간에 꼭 자야지, 하고 잠드는
시간 속에서 약속을 어겨야만 쓸 수 있는 시들도 있었고.
　　나를 떠도는 많은 문장은 나와 약속하지 않고 카페에
앉아 나를 불러내거나, 거리에서 어깨에 손을 올리고는
내 이름을 부른다. 우연과 필연 사이를 유유히 지나가는

문장들을 위해 나는 자꾸 맴돌 수밖에 없다. 어딘가에 놓여 있지 않으므로, 자꾸 어디 가야 한다고 보채는 사람처럼, 늦은 감 없이, 이른 감 없이 시간 없는 세계를 척박하게 걸어다니는 한 소시민처럼.

link 시 「모모제인」(시집 『무한한 밤 홀로 미러볼 켜네』 2021, 문학동네)

2018년 6월 16일: 책상 일기 II

수업 준비를 하느라 오랜만에 책상에 앉았다. 읽고 있던 것들을 마저 읽는 주말이 되었다. 책상을 통해 내가 점유하는 나의 시간과 작업에 대한 기쁨이 있고 책상은 하나의 '공간감'으로 인식된다. 하나의 벤치에 여러 사람이 드나들듯, 하나의 카페에 여러 테이블에 서로 다른 음료가 채워지고 비워지듯, 공유의 형태로, 광장이라는 장소로.

이번 수업에서 중요하게 다루게 될 '행간'에 대한 질문으로는, 조르주 아감벤의 질문으로 시작해도 무방할 것이다.

1200년대의 시인들은 그들의 시에 핵심적인 요소, 시의 "거주자이자 피난처"가 되는 공간을 "스탄차(stanza)", 즉 "행간"이라고 불렀다. 시의 모든 형식적인 요소들뿐만 아니라 그들이 시의 유일한 대상이라고 여겼던 '사랑의 기쁨(joi d'amor)'을 행간이 간직하고 있다고 여겼기 때문이다. 하지만 이 '사랑의 기쁨'이라는 대상은 과연 무엇인가? 어떤 종류의 기쁨을 위해 시의 행간이 모든 예술의 요람이 되는가? 무엇을 중심으로 그 노래가 한 공간으로 그토록 집요하게 모여드는가?

산문집 원고를 볼 수 있는 시간이 조금 더 생겨서 몇 꼭지는 새롭게 쓰고, 몇 꼭지는 조금 더 단단하게 고치고 싶은 마음이다. 사실 나는 원고가 마무리되면 마음이 먼저 떠나기 때문에, 다시 그 원고 뭉치로 돌아오는 시간이 오래 걸린다. 한 번 경험한 몰입으로 다시 입장하는 것은 자신이 세운 장벽을 넘는 일이기도 하다. 그렇기에 원고 작업은 타이밍이 정말 중요하다. 내가 기다렸던 오후 세 시의 시계탑이, 그다음 날 오후 세 시의 시계탑과는 다르기 때문이다.

카메라 화면에 모두의 얼굴이 담길 수 있도록 우리는 얼굴을 더욱 가까이했다. 눈사람까지 다섯 명. 다섯 명의 얼굴이 사진에 담겼다. 눈사람만 그곳에 두고 우리는 뒤돌았다. 우리의 발자국에 발자국을 넣어가며 나왔다. 우리만큼 커지던 우리의 목소리도 우리만큼 작아져 갔다. 눈사람이 우리 대신 그곳에 서 있을 것이다. 점점 작아질 것이고 언젠가 사라질 것이다. 저수지의 얼음이 녹고 깊은 물속으로 빙어가 돌아가면 사람들은 뜸해질 것이다. 눈과 사람과 눈사람이 사라진 계절에 고양이들은 차 밑에서 나와 햇볕을 쬘 것이다.

'공유'와 '단절'에 대해 자주 생각한다. 그것은 내가 근래에 읽었던 시의 얼굴이기도 하고, 내 생활의 추(錘)이기도 하기 때문이다. 단절로써 '공유' 영역을 강화할 수도 있고, '공유'하기 때문에 '단절'을 감각하고 반응하게 된다. 그 딜레마 속에서 '관계'를 상정하고 돌아서 그 관계 속에서 주체로 서 있는 '나'의 의미로 귀환하는 일, 나는 그것들을 이 책상에서 하고 있는 것만 같다. 책상에서의 할 일, 책상에서의 여정은 나의 생활과 작업의 행간으로써 인식되기도 한다. 공유와 단절이 연속적으로 발생하는 현장이자, 그것을 스스로 선택할 수 있어야 하는

의지가 맥락과 흐름을 만들어간다. 그것을 알고 백지 위에
뛰어드느냐, 그렇지 않느냐는 조금 다르고 중요한 문제다.
다음 주부터 시작하는 수업에서는 아마 그것에 대해 의문을
품게 될 것만 같다.

link '책상 일기'는 2018년 블로그에 연재했던 것이다.
책상 위에 펼쳐진 것들을 따라 읽으며 나의 안부를 되묻는
방식이었다. 총 12회로 끝났으며 이 책에는 단 한 편만
수록되었다.

2017년 6월 25일: 시 제목 짓기

시는 군중처럼 모여들어 무대가 있는 곳 앞까지 다가온다. 무대에 서 있는 사람은 나이기 때문에 나는 이 순간이 어렵고 아찔하다. 삶이 여러 곳에서 지속된다는 생각을 한다. 다양한 역할극을 마치고 돌아와 아무것도 하지 않음을 체위로 살아가는 이 삶을 현대인의 삶이라고 말해도 괜찮을 것이다. 그러니까 현대인의 삶을 살지 않기 위해서 시를 쓴다고 봐도 될까. 그 균형 사이에는 여기저기에서 쓴 것들이 가득하다. 핸드폰 메모장, 머리맡 수첩, 회사 컴퓨터, 내게 쓴 메일함, 나와의 대화창 등등에 저장되어 있는 파편들을 모아 시로 정리한다. 콜라주를 하는 것 같지만 사실은 이것들이 하나의 복도에 흐르게 두는 나의 예민한 인도가 있었다.

물론 부분적으로 아예 맞지 않는(같은 방향을 두고 다르게 메모했으나 이윽고 연결될 수 없는) 것들은 버려지거나 사라지게 된다. 시를 처음부터 쓴다는 마음으로 첫 문장으로 생각해두었던, 마지막 문장으로 메모해두었던 것들을 옮겨 적으며 나머지를 채워나가는 방식. 현대인의 시 쓰기. 여러 곳에서 다양한 일들을 해나가며 틈틈이 써놓은 것들을 하나의 복도에 두고 입장시키는 일. 작은 무대 위에서 나는 군중들을 지휘하고, 거기에선 선택된 것들만 다시 태어나게 된다. 어쩌면 선택된 것들만 죽는 것일지도 모르겠다.

사람들은 시를 쓸 때 제목을 나중에 짓는지, 먼저 짓는지 물어보는 경우가 많은데 나 같은 경우엔 제목을 먼저 짓는 편이다. 10편의 작품 중 8편 정도는 그렇게 쓰인다. 제목은 많은 것을 결정 짓는 방향의 모양으로, 혹은 어떻게 될지 알 수 없는 미로의 도로로 안내한다. 시와 가장 잘 어울리는 제목을 나중에 짓는 일은, 제목에서 멀어진 표지판처럼 느껴지거나 지나치게 친절해지기도 해서 제목을 먼저 짓는다. 제목을 두고 멀리 달아나도 괜찮을 그런 이야기는, 이야기라고 부를 수 있는 것이니까.

2023년 6월 30일: 킨츠기와 문학

인터넷 검색을 하다가 우연히 본 접시가 아름다워서 링크를 따라 접속했다. 온통 일본어로 구성된 웹페이지를 읽을 수가 없어 번역 기능까지 더한 참이었다. 해외 배송도 마다하지 않겠다고 느껴지는 훌륭한 접시였으므로, 몸을 바짝 당겨 모니터 앞에서 눈을 크게 뜨고 있었다. 그런데 그것은 판매처가 아니었고, 접시 사진이 썸네일로 나와 있는 한 뉴스 기사처럼 보였다. 일본의 접시 수선 공예 '킨츠기(きん‐つぎ)'에 관한 내용이었다.

킨츠기는 접시에 흠이 나거나 깨진 것을 이어 붙이고 채우면서 새롭게 장식하는 공예를 의미한다. 그러니까 내가 본 접시는 시중에서 판매하는 것이 아니라, 킨츠기 공예로 한길을 걸어온 작가의 개인 소장품이었다. 한 번도 쓴 적 없이 찬장에 놔두었던 엄마의 지난 선물이라고 했다. 새 접시에 치이거나 쓰던 접시에 깔려 생긴 세월의 작은 흠집들 사이로, 접시가 가지고 있지 않은 색깔들을 채워 마치 물감이 튄 듯한 자연스러운 색감을 더하게 된 것이었다.

접시를 가질 수 없었지만, 이 이야기가 좋았다. 킨츠기 공예를 할 때 접시가 가진 상처를 유심히 들여다봐야 한다는 것, 그것을 어떤 재료로 어떻게 채우느냐도 중요하지만 이전에 접시의 깨진 자리나 파인 흠을 세밀하게 관찰하는 일이 선행되어야 한다는 것이 그랬다. 공장에서 찍어내듯 만든 것이 아니라, 상처를 탐구해서 세상에 단 하나밖에 없는 것을 간직할 수 있다는 킨츠기의 원리가 마음에 들었다.

어떤 글을 쓸 때면 나는 항상 원점으로 돌아간다. 원점은 내가 되기 전이나 내가 기억하고 싶은 선별된 순간이 아니라 내 안에서 일어난 균열의 자리이다. 어떤 균열은 손댈 수 없을 정도로 망가져 있고, 어떤 균열은 끝끝내 무너지지 않고 버티고 있으며, 어떤 균열은 아름답게 미장되어 있다. 그 과정에서 나의 상처를 투시하는 시간이 필요했고, 그 시간은 꽤 고통스러웠지만 그것을 건너는 동안 나의 어떤 흠은 채워졌고, 낡고 견고한 것들 사이에서 더 아름답게 빛났다. 상처는 단 한 번도 같은 모습으로 생겨나지 않았고, 제각기 다른 형태로 아물어갔다.

문학의 작동 방식을 생각하면 한 인간이 가진 상흔이 어떤 형태로 삶을 끌어안고 지탱하며 살아가는지 헤아리게 된다. 상처 없이 말끔한 영혼도 문학을 펼칠 수 있겠지만, 내가 만나온 그동안의 문학 속 이야기는 상처가 상처를 지나는 이야기였다. 상처 다음에 무엇이 올 것인지 그 질문이 다른 상처에게로 닿아서 대답을 흉터로 짊어질 때 문학은 아름답고 성실해 보이기도 했다.

한 사람의 울타리에서 끝나는 울음이 아니라, 한 사람의 웅덩이에서 흘려버릴 눈물이 아니라, 다른 이의 상처로 다가가 이어지는 것, 그 이음새의 아름다운 무늬 속에서 자신의 어지러운 무늬를 감별하는 것.

인터넷에 떠도는 아름다운 접시 사진 한 장으로부터 나는 지금껏 이끌어왔던 나의 문학에 대해 성찰하였다.

그게 꼭 문학이 아니더라도, 인간이 자신의 상처를 돌보고 헤아리는 데 필요한 자기만의 도구가 있으리라고. 깨진 자리로부터 다시 깨지기 마련이겠지만, 깨진 것은 별수 없다고 물러서지 않고 다시 깨진 자리로 도약하는 것이 아름다움의 문법이다.

link 시 「킨츠기 교실」(《현대시》 2023년 8월호)

7月
열매의 단단한 부분을 만지면서
내게로 맺혀 있는 것들의 떫은 꼭지를 떨군다.
군침을 흘리며. 이마의 땀방울을 닦으며.

2017년 7월 5일: 혼자 돌아오기

아주 오래전에 정해둔 시 제목이 하나 있었다. 제목부터
시를 시작하는 나의 습관은 여전히 변하지 않는다. 제목이
먼저 맺히질 않으면 시작할 수가 없어, 내 메모장에는
제목처럼 단정한 단어 몇 개만 적혀 있는 경우가 많다.
제목은 '나나너너'. 나를 두 번 말하고 너를 두 번 말하는
사이에 나와 내가 많아졌으나 사라지는 느낌, 발음했을
때 서로가 집착하는 느낌을 주었다가도 입속에서 금방
사라지는 질감이 좋아서 제목만 정해둔 것이었다. 제목을
모자처럼 쓰고, 기다리던 시를 완성했을 때 나는 정작
마음에 들지 않았다. 기껏 항구에 가서 배를 타지 않고,
바다만 구경하고 돌아온 한 연인에 관한 이야기다. 그때
배를 탔었더라면 상황은 달라졌을지도 모른다는 후회와
함께. 손 안에 깃든 여름이 오랫동안 겨울을 녹이기 때문에,
겨울에도 손에 땀이 나는 것이 아닐까 하는, 홀로 쓸쓸한
생각에 몸 담그고 있는 화자의 이야기. 땀의 이동 경로를
궁금해하는 다한증의 내가 표현할 수 있는 것은 쓸쓸하고
반짝거리는 것뿐이다. 계절 탓인지 최근에 쓴 시들은 모두
여름이 배경이다.

한 선배가 내게 이런 말을 한 적 있었다. 사람에 대한
욕심과 집착이 꼭 당신을 쓰게 만드는 것 같다고. 나는
사람에 대해 자주 생각한다. 누군가를 빈번히 만나면서
산다면 그럴 일도 별로 없겠지만, 자주 보지 못하고, 만날
수가 없어 그 공백을 끝끝내 지키려는 노력이 그런 욕심과

집착으로 뒤바뀌는 것이다. 언제나 그들은 내게 어렵고 미운 얼굴로 서 있고 나는 그들을 향해 쓴다. 그들은 때때로 친구이자 연인으로, 스승이자 동생으로 묘사되기도 하는데 그런 대상이 없는 시는 결국 나를 향하게 된다.

함께 나섰던 시의 여정이 홀로 돌아오는 것으로 끝나는 듯한 느낌이 들 땐 공허하다. 시를 다 쓰고 난 뒤의 후련함과 같은 얼굴 속에 깃들어 있는 또 다른 표정이다. 나와 너의 미묘한 차이처럼.

link 시 「나나너너」(시집 『무한한 밤 홀로 미러볼 켜네』 2021, 문학동네)

2019년 7월 11일: 슈가 스틱

친구가 선물을 건네주었다. 어느 플리마켓에 갔다가 내 생각이 나서 샀다는 가벼운 선물이었다. 상자 안에는 막대에 큰 알갱이의 설탕이 반짝이며 달라붙은 것들이 있었는데 이를 '슈가 스틱'이라고 부른다 했다. 도깨비방망이처럼 생긴 슈가 스틱은 커피를 마실 때 저으면서 자연스레 설탕을 녹이는 용도였다.

곧 출간될 시집 뒤에 수록하게 되는 산문에도 적었지만, 나는 커피에 시럽을 꼭 넣어서 먹는 사람이다. 한 번도 빠뜨린 적 없이 커피를 달게 마셨다. 누군가는 쓴 것을 잘 못 먹는 어린애 취급을 하기도 했다. 그래서 사람들과 있을 땐 아무도 모르게 시럽을 넣었다. 설탕 범벅의 커피를 마시는 내 취향을 잘 아는 것은 나와 아주 친한 사람들뿐이었다. 그래서 슈가 스틱이 사려 깊은 선물이라고 생각했다.

스스로 나의 부끄러운 점이라고 느끼면서도 커피 맛도 모르는 사람이면 어떠냐는 심정으로 설탕에 대해 쓰기로 했다. 첫 시집에서도 「설탕의 신비」라는 시를 수록했고, 이번 시집에도 오늘 쓴 시를 수록하려고 한다. 「슈가 코팅」이라는 시이다.

세상이 떠나갈 것처럼 울고 난 아이의 얼굴을 보면 나는 어쩐지 세상에서 가장 맑은 것처럼 여겨지게 된다. 울음을 그쳤지만 촉촉한 눈망울, 물기 어린 피부와 금방이라도 일그러질 듯한 표정을 보면 그렇다. 그 후로 울고 난 사람을 반짝인다고 생각했다. 우는 일을 보는 것도 드물었기에, 그 반짝임을 볼 수 있는 일도 진귀해졌다. 창피한 일이 아니라, 반짝이는 일이라고 여기면서 나부터 조용히 울기 시작했다.

자신의 부끄러운 점이나 수치스러운 것을 숨기기 위해 코팅된 것이 있다면 그것은 어쨌거나 살아가며 도움이 된다. 누군가에게 오해를 쉽사리 받지 않게 되기도 하고, 진심이 왜곡되어 전해지지 않을 수도 있으니까. 내가 커피에 넣었던 시럽들은, 삶에 조금씩 퍼뜨리는 나의 비밀 같은 것이었던가. 친구가 준 슈가 스틱을 커피잔에 넣고 저으며 녹아가는 시간을 본다. 기다림 끝에 나는 다디단 커피 한 모금을 할 수 있게 되었다. 그것이 나의 비밀을 지켜주었다.

비밀을 누설할 때마다 그 비밀을 수호해주는 설탕이 있다면?

link 시 「슈가 코팅」(시집 『소소소 小小小』 2020, 현대문학)

2023년 7월 14일: 약소하지만

올해 봄, 한 문예지에서 청탁이 왔는데, 내가 쓸 수 없는 원고 같아서 거절했다. 거절을 할 때에는 보통 상대방의 뉘앙스에 맞춰 하는 편인데, 연락한 사람은 이런 원고 청탁에 능숙해 보이지 않았다. 거절할 수 있는 명분이 별로 없어서, 다음 계절에 다시 청탁 전화를 달라고 얼버무렸다. 그리고 다음 계절이 된 오늘에서야 연락이 왔는데 미루었던 전적이 있으니 해보겠다고 이야기했다.

"선생님, 그런데 고료는 어떻게 될까요?"

"약소하지만, 고료가 있습니다."

보통 약소한 고료라 말해주지 않는 곳이 많다. 원고료가 너무 적어서 원고를 거절한 일보다, 원고료를 정확히 일러주지 않아서 주저하거나 안 하게 된 일이 훨씬 많다. 일이 순서대로 오지 않을 때에 느끼는 분노는 내 안의 작은 집필 노동자의 영혼을 들쑤신다.

"그러니까, 약소한 고료가 얼마가 될까요? 얼마인지 알아야 일을 할 수 있지 않을까요."

"저희 주간 선생님이 사비로 하시는 일이고…… 얼마로 책정되었는지는 저도 모르겠네요."

"그럼 알아보시고 다시 연락 주시겠어요?"

몇 시간이 지난 뒤에 편집장이 문자 메시지에서 언급했던 주간 선생님으로부터 연락이 왔다.

"서윤후 선생님, 저희가 더 많은 고료를 드릴 수 있을 때 다시 청탁 드리겠습니다."

졸지에 고료가 적어 원고 청탁을 거절한 시인이 되어 있었다. 그게 아니었음을 장문으로 적어 보냈는데, 5년 전에 내가 청탁을 수락한 그때 고료와 다르지 않다는 이야기가 왔다. 그 긴 답장에도 고료는 여전히 적혀 있지 않았다. 원고료가 입금되는 계좌에 들어가 5년 전 날짜로 설정한 뒤 입금 내역을 확인해서야 원고료가 얼마인지 알게 되었다. 이렇게까지 해야 할 일인가?

중소 문예지가 어떻게 운영되는지 내가 모를 리 없었다. 3년 동안 작은 곳에서 시 월간지를 만들어봤기 때문이다. 그때 나는 약소하다는 말 뒤에 숨으면서, 얼마인지도 모를 원고 청탁을 하는 게 싫어서, 청탁서에 고료와 고료 입금 예정일을 명확하게 적는 청탁서를 다시 만들었다. 얼마 주는 지도 모르고 벽돌부터 나르라고 한다면, 그 누가 지게를 짊어질 수 있을까?

그 원고료는 3만 원이었는데, 3만 원이라는 액수에 대해 오랫동안 생각했다. 그리고 나는 그 원고 청탁을 거절했다. 돈 때문에 거절한 것처럼 비춰지게 되겠지만(어디선가 서윤후 시인은 고료를 따지면서 청탁을 받더라 소문이 나겠지만) 일의 순서와 과정이 약소함에 가려지는 출판 환경에 몸부림쳐본 것으로 기억하는 것도 나쁘지 않겠다고 생각이 들어 여기에 적는다.

2017년 7월 20일: 여름밤 광화문

어제는 밤늦게까지 광화문을 거닐었다. 글 쓰는 일을
하면서부터 광화문과 부쩍 친해졌다. 큰 서점에서 책 앞을
서성거리는 일, 그리고 그 주변에서 벌어지는 행사에
참여하는 일. 축하를 하고 축하를 받기에 적당한 곳이지만
광화문은 나와 어울리지 않는 곳이라고도 생각했다.

슬픔을 끼얹고, 소리 없이 싸우는 곳이기도 하나
어느샌가 아무런 일도 없었다는 듯이 차가 다니고 사람들이
움직이는 곳. 광장을 양면으로 쓰는 도시의 부대낌을
멋쩍어하다가 꼿꼿한 넥타이를 휘날리는 사람들 사이에서
나는 길을 잃은 기분을 종종 느낀다. 그 기분이 싫지 않아
청계천도 가고 자주 가는 카페에 가서 커피를 시킨다.

어제는 같은 이름을 가진 세 명의 젊은 시인이 하는
낭독회에 갔다. 시를 목소리로 듣는 일은 귀하다고
생각한다. 시가 되는 순간의 느낌도 성글어 있고, 완성되어
마침표로 호흡을 내뱉은 끝맺음도 있어서, 그 목소리들을
좋아한다. 시를 또박또박 읽기 위한 안간힘까지도. 그런
에너지를 느끼면 내게도 미세하게 흐른다. 낭독회는
감전되기 좋은 공간이다.

끝나고 가볍게나마 식사를 하기 위해 동료들과
파스타를 먹으러 갔다. 먹으며 사는 이야기와 오늘 순간순간
느꼈던 기분을 나눴다. 퇴근 후에 어떤 일상을 지니는
일은 참 어렵고도 고귀하다고 느낀다. 피곤한 몸을 집에다

옮겨놓기에 바빴던 내가, 다시 어떤 세계로 접속해 두 번째 하루를 맞이한다는 것에 대해 큰 기쁨을 느꼈다. 그리고 웬일인지 헤어지면서 나는 심각한 우울감을 느꼈다. 나와 함께 버스를 타러 가던 동료 역시 우울해했고, 우리는 자리를 옮겨 이 기분에 대해 좀 더 이야기를 나누기로 했다.

불안해하는 것을 고백하는 것, 그리고 그것을 덜어내기 위해 조언을 던지는 것, 그리고 얄팍한 계획을 세우고 그것을 해내자고 서로 안도하기도 하는 것. 우리는 새벽 한 시가 넘을 때까지 이야기를 나눴다. 그리고 서로 아까보다 우울감이 줄어든 것 같다고 공감했다. 마음을 확인한 이후 집에 돌아와 피곤한 몸을 뉘었다. 하루가 길다는 느낌보다, 하루를 두 번 살았다는 느낌이었다.

그 동료는 영감을 주는 사람이 되고 싶다고 했다. 나는 그런 경험이 있다. 어떤 사람을 만나고 돌아와 쓸쓸하게 마음을 다지면서, 뭔가 쓰고 싶다고 생각하는 것. 참 이상한 일이지, 당신이 뭔데 나의 쓰고 싶은 욕망을 끄집어내는 것인지. 사람에게 영감을 받는 일을 의심했었다. 그리고 나는 죄책감 없이 썼다.

사람 때문에 사람이 움직이고, 사람으로 하여금 사람에 대해 쓰게 되는 이 기이한 현상, 우리가 광화문에서 데려온 그림자는 길었고, 단단했고, 끝나지 않았다. 해가 뜨면 잠시 숨지는 이 그림자를 대신해 우리는 환한 대낮을 산다.

2023년 7월 21일: 끝을 위하여

내가 최선을 다하는 것은 마침내 끝내기 위해서다. 끝나지 않으면 다시 시작할 수도 없기에. 잘 끝낸 적 있었던 드문 경험들이 최선을 다하도록 만들었다. 끝내고 싶지 않은 것들을 대할 때와 비교해보면 더 확실해진다. 나는 끝이 좋고, 끝내고 싶다.

8月
바다 앞에서는 언제나 용서를 구했다.
축하하며, 위로하며, 사랑하며, 기념하며……

2023년 8월 6일: 김완선을 생각함

오늘은 온종일 시를 생각하다가 자주 넘어졌다. 다친 곳은 없지만 어딘가 욱신거리는 느낌을 지울 수가 없었다. 엄살에 통증을 선물하면서 진짜 아프다고 느껴지면 시의 진통은 본격적으로 시작된다.

머리를 식힐 때마다 아무 생각 없이 텔레비전을 본다. 챙겨보는 프로그램도 없이 채널을 돌리다가 우연히 가수 김완선이 나오는 장면을 보았다. 인생에서 마지막 무대를 해야 한다면 어떤 노래를 하겠느냐는 제작진의 질문에 대답하는 순서였다. 당연히도 가장 유행했던 히트곡이 아닐까 생각했지만 그의 대답은 의외였다. 가장 최근에 발표한 노래를 부르겠다는 것이었다. 여전히 활동 중이고, 계속해왔다는 것을 증명하고 싶어서라는 말. 나는 그 말이 좋았다. 내가 서랍에 넣어둔 대답 중에도 유사한 것이 있기 때문이다.

수업할 때에도 자주 하게 되는 말이지만, 나에게 하고 싶은 말이기도 하다. '자신이 쓴 가장 잘 쓴 작품은, 완성도와 문학적 밀도가 높은 어느 한 작품이 아니라 가장 최근에 쓴 작품'이어야 한다는 생각. 적어도 그렇게 믿어야 한다는 생각. 최근 작품으로 거듭해서 자신을 갱신하고 있는 무언가가 있다면 가능하지 않을까 해서 생각해둔 대답이다. 감각적으로 무뎌지고 젊었을 때 쓴 시의 열기와 한참 멀어진 날에도 이런 대답을 할 수 있을지는 모르겠지만, 이 대답은 창작자의 태도가 고스란히 담겨 있는 말이다.

사람들이 열광하고 좋아했던 지난날의 유행가들을
접어두고, 최근에 발표한 노래로 마지막 무대에 서겠다는
가수 김완선은 나의 지난 시집『무한한 밤 홀로 미러볼
켜네』의 표제작에 등장하는 화자의 모티프가 되었던 사람
중 하나다. 은퇴를 앞둔 가수의 목소리로 삶을 회고하는
시였는데, 그때 누군가를 떠올려야만 했고 그것이 가수
김완선이었다. 가수 김완선이 이십 대 앳된 얼굴로 아침
7시를 막 지나는 일본 생방송에 출연하여 노래를 부르는
모습을 보고 난 이후로, 그 장면을 떠나올 수 없었기
때문이다. 어떤 열의나 의지 같은 것이 보이지 않는 얼굴로,
화려한 춤과 날카로운 고음을 선보이는 그의 모습이
인상적이기도 했지만 꼭 마지막 무대를 하는 것처럼
보이기도 했었다. 매 순간을 마지막 무대에 서는 마음으로
임한다는 가수들의 클리셰한 다짐이 아니라 정말 숭고하게
그 시간을 온전히 대하고 있는 태도에서 느낀 무고함이었다.

어쩐지 수전 손택의 일기가 생각나기도 했다. 수전
손택은 일기의 독자를 자신으로 상정하고 써 내려갔지만,
그가 숨을 거둔 뒤, 일기는 그의 아들로부터 발견되어
세상의 독자를 만나게 된다. 독자가 혼잣말의 자신이 아니라
만인으로 탈바꿈되는 순간 그 글은 마지막 무대가 아니라
첫 무대에 올라서게 된다. 그 글의 최초 독자는 무대를
떠났지만, 무대에 남아 있는 마지막은 읽는 이의 몫이
되었다.

그 초연함이 마음에 들어서 나는 문학에서의 미래는

자주 생각하지 않는다. 미래가 다가서는 동안에도
계속되리라는 철부지 같은 희망이 좀처럼 생기지 않는다.
그러다가 화창한 아침 방송에서 어둠을 노래하는 가수
김완선의 무표정처럼 지나는 것이다. 생기 없는 얼굴이
아니라, 오늘을 다하는 남김 없는 얼굴로.

link 시 「무한한 밤 홀로 미러볼 켜네」(시집 『무한한 밤 홀로
미러볼 켜네』 2021, 문학동네)

2022년 8월 8일: 시에게 바란다

어떤 기분을 따라가다가 길을 잃은 느낌이 든다. 이건 무슨 느낌일까, 뜨겁지도 차갑지도 않은 그런 기분의 출처를 따라가다 보면 내가 보이지 않을 것 같다. 나를 분명히 보려고 가는 길이지만. 그래서 무언가를 쓰고 그게 시가 되고, 일기가 되고, 아무것도 아닌 게 된다.

'넌 참 어려운 걸 한다, 그 어려운걸.'

어려운 걸 한다기보단 어려운 일을 해결하기 위해 쓰는 것 같다. 점점 더 어려워지는 난해한 곡선을 따라 걷는다.

나는 오늘 일기를 쓰면서 나의 기분, 나의 마음의 출처를 따라가 보려고 하였으나, 이 출처 불분명한—혹은 출처가 분명한데 타자에게 이 기분을 따지고 들 수 없는—것이 언젠가 나의 시가 되기를 바란다. 꼭 시가 되어서 오늘의 나를 그제야 이해하게 되었다며 무릎을 치기 바란다. 내가 써온 것들이 언젠가의 나에게 그러했듯이.

2022년 8월 15일: 이상한 식물원

며칠 전에는 식물원에 다녀왔다. 우리는 온실 정원에
들어서면서부터 땀을 흘리기 시작했고, 완주를 앞둔
마라토너처럼 죽상의 얼굴을 하고서 식물원을 빠져나왔다.
내가 기대했던 식물원의 얼굴은 아니었지만, 습하고 더운
기운에 가만히 나무나 꽃 이름을 지켜볼 겨를도 없이
순식간에 빠져나온 것도 허탈해 웃음이 났다.

땀을 좀 식히고 나니 오래된 커피자판기 하나가 보였다.
자판기 우유가 마시고 싶어서 주머니에 있던 잔돈을 꺼내어
넣었다. 동전이 굴러가다 어딘가에 떨어지는 소리가 경쾌해
듣기 좋았다. 어렸을 땐 분유 맛이 난다고, 너무 많이
마시면 탈이 난다고 했었는데……. 내가 기억하는 맛일까
기대했으나 내가 받아든 종이컵에는 따뜻한 맹물이 담겨
있었다. 겨우 웃음을 그쳤던 우리는 그 광경에 또 한 번
웃음을 터뜨렸다.

마감이 있어 광복절인데도 집에서 나가지 못하고, 그
장면을 계속 떠올린다. 내가 받아든 것은 무엇이었을까?
자판기에 고장 신고나 문의 번호가 네임펜으로 적혀
있었는데, 거의 다 지워져 있었다. 물론, 식별이
가능했더라도 전화를 걸진 않았을 거다. 뜨거운 물을 좀
식혀서 옆에 있는 작은 정원에 주었다. 우리는 또 한 번
실소하고야 말았다.

"여기에 있는 건 장식용 조화야!"

되는 것이 하나도 없는 것처럼 느껴지던 식물원의

풍경을, 찍어둔 사진과 천천히 돌아보니 꽤 마음에 들었다.
구슬땀으로 빚은 희뿌연 필름 사진은 어쩐지 따뜻하고
조용해 보였다. 우리의 시끄러운 수다와 웃음소리 같은 것은
멎어 있고 대신 꽃과 나무가 조용히 자신의 결기를 지키며
맺혀 있는 모습이 사진에 담겨 다행이란 생각을 했다.

다녀온 장소가 내 안에서 일그러지거나 왜곡될 때,
그때 시의 주소가 되는 것 같다. 근사한 경치를 간직한
여행지에서 정작 시 한 톨도 쓰지 못했던 이유는, 너무
가까이에 있을뿐더러 지나치게 사실적이기 때문일지도.
왜곡으로 일그러진 부분이 원래대로 복원하려고 하거나,
그 원래 모습을 완전히 지우려고 할 때 비로소 다시 쓸 수
있게 된다는 것을 깨달았다. 이상하게도 며칠 전이었지만
한여름의 식물원, 웃음과 허탕으로 점철되었던 그날의
이야기가 생경하기만 했다. 꼭 무언가를 열심히 견디거나
잊으려는 사람들처럼, 예고 없이 주어지는 돌발상황을
미소로 꿰매던 그 장면들이 그랬다.

받아든 종이컵 안으로 우유 대신 따뜻한 맹물이 담겨
내 흔들림을 닮은 출렁임으로 아슬아슬했을 때, 식물원이
고요하지만 푸른 이파리로 웅성거릴 때, 그런 묘한
이미지들이 겹쳐지면서 시를 새로이 출발하게 되었다.
가보았지만 처음 보는 주소를 끌어안고, 지나온 곳을 다시금
헤매게 되는 시의 나침반이 새로 고침되는 순간이었다.

그날 수많은 식물 이름들 사이로 메모해온 것이 하나
있다. 메모장에는 '독화살개구리'라고 적혀 있었다. 식물의

서식지와 환경에 대한 설명 뒤로는, 그곳에 함께 살아가는 것들의 이름도 같이 적혀 있었는데, 저 이름이 마음에 들어 적어온 것이었다.

우리가 우리를 다시 쓸 수 있다면 서로 시작할 수 있는 이름이 다를 것이다. 우리가 우리를 다시 그릴 수 없다면 각자 간직한 얼굴로 영원히 왜곡되는 것이 시의 운명이라 여겨지기도 한다.

link 시 「독화살개구리」(《문학사상》 2022년 10월호)

2017년 8월 23일: 악화

의사 선생님은 나에게 묵직한 질문을 던졌다.

"그동안 뭐 하고 있었어요?"

내가 겪고 있는 여러 증상을 그동안 묵인하고
방치했다는 이유로, 삶을 통째로 돌아보게 하는 질문을
받았다.

최근에 숨이 잘 쉬어지지 않고, 가슴이 답답해서
사람들은 내게 왜 이렇게 한숨을 많이 쉬느냐 묻곤 하였다.
머리가 자주 빠지고, 편도가 붓는 증상이 반복되었는데
이게 다 심장에 문제가 생겨서라니. 두통에 좋은 약, 부은
편도를 가라앉히는 약을 열심히 먹었는데 아주 잠시뿐인
일들이었구나 싶었다. 누군가 응원의 마음으로 홍삼을
보내주어 열심히 먹었는데, 그게 지금 심장에 무리를 주고
좋지 않다는 말까지 들었다. 휴식이 중요하다고. 의사들이
늘 하는 말처럼 잘 먹고, 잘 자고, 잘 쉬라는 말을 했다. 나는
그게 가장 어려운 말처럼 느껴졌다.

사람들과 이야기하는 동안 나는 시 쓰는 일이
나의 제자리라고 생각해서(혹은 돌아와 지키고 싶은
시간이어서)인지, 시나 산문을 쓰는 일과를 쉬는 일처럼
여겼다. 영혼의 진동 같은 것은, 육체와 무관하다고 느꼈던
것일까. 집에 혼자 있을 때 아무도 없다고 말하는 이상한
말처럼, 쓰는 일이 쉬는 일이 된 나는 그동안 커다란 착각을
해왔던 것 같다.

하고 싶은 말도 차마 하지 못하고 마음으로 새기는 일,

절망에 가속을 붙이지 않기 위해 적응해버린 비포장도로 위의 파편들, 이런 것들이 나를 괴롭게 했는데 그것은 괴롭다고 할 수 없는 일이라고 스스로 단정 지었던 것인지도 모른다. 나와 비슷한 증세를 앓는 동료이자 친구에게 그런 이야기를 들었고, 정말 좋은 휴식이란 어떤 것일까 생각하게 되었다.

그런데 쓰는 일이라도 하지 않았다면……

하지 못했던 말을 덜어내고, 누군가에게 말했다는 홀가분함을 착각으로나마 간직한다는 것은 몸에 이로운 일이 아니었을까. 나는 나의 방식대로 지켜왔다고 생각했다. 무언가를 읽으며, 나도 무언가를 쓰고 싶다는 이상한 희망과 절망 사이를 뛰노는 것이 내 안식처일지도 모른다. 그러나 이런 것들은 다 모름지기 모르는 것뿐인데, 나의 근사한 휴식이라고 생각했던 것은 몸에 배반하는 일이었을 것이다.

그동안의 과정이 좋지 않은 결과로 왔으니, 당분간은 쓰고 있던 일기도 중단하려고 한다. 인간마다 자신의 삶에 커다란 구멍을 내고 싶어 하는데, 그건 돌파구로 마련한 숨구멍이다. 마음이 답답하면 다시 무언가를 쓸지도 모른다. 쓰지 않는 일로부터 휴식을 재건하고, 읽는 일로 그것을 채우고 싶을 뿐이다. 어떤 글은 쓰면서 더 어지럽혀지고, 어떤 글은 쓰면서 달아나게 되는데 그것을 예측할 수 없으니 시도조차 중단해보자는 것이 나의 첫 계획이다.

살아서, 살아 있으면서 아픈 심장에 대해 이야기만 한다는 건 너무나 슬프고 우울한 일이기 때문에, 조금

건강해진 뒤에 다시 글을 쓰는 건 어떨까 싶은 생각이
들었다. 생각해보면, 어떤 기간에 맞춰 글을 써내는 일에서
오는 피로감, 시간은 맞게 제출했으나 그 작품이 마음에
들지 않는다는 패배감, 그리고 글 쓰는 일에 파장을 옮겨와
고민으로 커지는 피로감, 이런 것들이 내게는 해로운
것이었을지도 모른다. 이게 내 숙명이겠거니, 받아들이는
태도란 얼마나 무책임하고 멍청한 일인가?

그래도 그 어리석음을 멈추지 못하겠다. 출렁임을
가만히 보고, 일렁임을 엿듣는 이 리듬이 내 삶에서는 꼭
필요한 자리이기 때문이다.

그 자리에 햇빛이 들고, 머금었던 물기를 말릴 수
있다면 좋겠다.

어쩌면 많은 것을 모를 수 있고, 그래서 많은 것이
좋아질 수 있다는 생각이 나를 이끈다.

9月
으르렁거리며 드리워진 나무 밑에서도 작은 보폭을 함께 나눠 걷는 사람들이 있다.
가을엔 그런 것들이 눈동자를 껄끄럽게 하기도 한다.

2023년 9월 1일: 몸균형상실주의

　홀로된 감각이 너무 오랫동안 잠들거나 깨어 있지
않도록 단속하는 일들이 종잇장 뒤집듯 가벼이 느껴질
때가 있다. 변덕스러운 날씨처럼, 종횡무진의 패션잡지처럼
두서가 없어서 이 난삽함을 완전히 끌어안거나 티끌 하나
없이 벗어던지고 싶을 때가 있다. 어제는 연인의 고양이를
무참히 살해한 기사를 보고는 온종일 마음이 심란했다.
인류에 대한 마음이 와장창 깨지는 건 기사 몇 줄 읽는
것으로도 충분하다. 그것을 회복하기 위해 다시 두서없는
발걸음을 옮기며, 예상치 못했던 마음을 마주하며 반짝임을
느끼는 것도, 사람에게서 오는 일이다. 사람에게서 떠나고,
사람에게서 다시 돌아오는 마음이 종잇장처럼 가볍다는
말은 틀린 말이 아니다.

　책을 만드는 일을 하면서 책을 쓰는 일도, 책을
읽는 일도 모두 물거품처럼 가볍게 느껴질 때가 있다.
작은 서점에 죽치고 앉아 여기에 꽂힌 시집을 모조리
섭렵할 것이라고, 얇은 종이가방에 가득 담긴 책을 들
수 없어 끌어안고 오던 어떤 저녁들도 있었다. 지금은
자동응답기처럼, 우편함에 꽂혀 있는 누군가의 책을 들고,
이 귀함을 이렇게 받아 들어도 되나 생각하다가 설거지를
하느라, 밀린 메일을 확인하느라, 어지럽혀진 책상 사이에서
그 새로움을 금세 잃어버리기도 한다. 책을 만드는
마음이라는 것이 상대적으로 책들에 대한 호기심을 잃는

일이 되면서부터, 책을 쓰는 일도, 책을 읽는 일에도 최선을
다하지 못하고 있다는 생각을 하게 된다. 최선을 다할 수
있는 일인가 싶기도 하고.

모든 책이 다 그럴 수 없고, 모든 사람이 다 그렇지
않기 때문에 그 마음을 세심히 구분하며 나누고 더하는
작업이라는 점에서 책과 사람은 닮아 있다. 책이라는
모퉁이를 돌면 조금 더 나은 시간 속에 살 수 있을지도
모른다는 점에서, 사람이라는 모서리를 건너면 조금 더
선명하게 포개어지는 감각을 느낀다는 점에서 나는 언제나
그 희망의 접점을 꿈꾸며 살았다. 나라는 질료를 열심히
소진하며 문학을 피치 못할 사정처럼 해온 것은 그것을
가능한 일로 실감하기 위한 일들이었을 테다.

그러나 책에도 쓰는 이와 만드는 이, 읽는 이가 만나는
현장을 감각하는 일이 필요하고, 글을 쓰는 사람에게도
읽는다는 반응에서 지속 가능한 미래를 그려볼 수 있게
된다. 아무도 읽지 않고, 아무도 만져주지 않는 외면에
희망이 꺾이려고 할 때마다 나는 홀로라는 감각을 애써
다독였다. 반대로 내가 나의 의지와 상관없이, 타인에
의해 움직이게 될 때도 혼자로 돌아오기 위해 부단히
노력했다. 그곳은 내가 떠나온 집이나 출발 선상이 아니라
지금 막 도착해 있는 어수선한 터미널을 뚫고 갈 수 있는
곳이었으므로. 고요함과 소란함, 여럿과 혼자 그 양면의
세계를 자주 오가며 통과해야 하는 빈 트럭이었을 거다.
아무것도 싣지 않고 돌아가는 일, 내 것이 아닌 것을 잔뜩

신고 떠나는 일. 그것들을 옮기는 동안에 세상은 여러 번
망가졌고, 여러 번 회복했으며, 나 또한 조금씩 달라졌다.

　　근래에 바쁜 일정들을 소화하다 보니 어느 날 무슨 일이
있었는지 단숨에 생각나지 않는 희한한 느낌을 받았다.
건망증 환자처럼, 가물가물한 기억을 꺼내다 보면 꺼내지
않았던 기억과 뒤섞이기도 하고, 그때 나는 진심을 다하지
않았는지 스스로 의심하게 되면 이내 자책하기 십상이었다.
친구에게 그런 이야기를 털어놓았더니, 무의식중에 너무
많은 것을 기억하지 않는 편을 선택한 게 아닐까 하고, 그게
지금의 가장 잘 지내는 방식이 된 거라고 이야기하자 마음이
놓였다. 많은 것을 기억하려고 했던 부단한 안간힘이, 나의
가장 안쪽부터 갉아먹기 시작했으므로 흘려보내는 시간은
그저 잘 지나가길 바라는 것 또한 내가 기억을 존중하는
방식일지도 모른다는 생각이 들었다.
　　커다란 가방에 인쇄된 시 몇 편을 들고 다니면서, 시를
쓴다는 선배나 학교 강사를 만날 때마다 그것을 열심히
들이밀기도 했다. 며칠 뒤 이메일로 시에 대한 감상이
돌아오면 나는 좀 살 것 같았다. 그게 좋은 이야기든 나쁜
이야기든 상관없었다. 내가 쓴 것을 누군가가 읽어준다는 것
자체가 좋았기 때문이었다. 꼭 계속 써보라는 이야기처럼
들려서, 혼자서 허락을 구한 듯이 열심히 썼다. 하던 대로
한 것뿐이었지만 읽어주었다는 인기척을 간직한 채로 쓰는
일은 조금 달랐다. 모든 시간이 다 그럴 수 없다는 듯, 그런

절박함도 희미해져가고 있지만, 그 희미함 끝에는 언제나 간절히, 그 초조함을 숨길 수 없어 허둥지둥대는 내가 홀로 서 있다. 그 마음을 너무나도 잘 알기에, 낭독회가 끝나고 조심스럽게 다가와 "저도 시를 쓰고 있어요"라고 말하는 사람이라든지 수업에서 사람들이 쓴 시를 읽을 때라든지 그런 시간은 애처롭게도 내 것처럼 느껴지기도 한다.

나는 초심 같은 것도 없이 허겁지겁 시간을 훔치며 왔다. 돌아갈 곳이라고는 다시 맨 처음으로 돌아가 쓰는 일. 사람이든 책이든 내가 믿어 의심치 않던 것들을 냉정하게 보면서, 또 차가운 것에 손을 대고 함께 미지근해지면서, 진심이란 다수가 끄덕이는 사실이 아니라 아주 일부만 알아차려도 좋을 허수가 아닐까 생각한다.

작품을 빗물 고인 웅덩이 삼아 자신의 얼굴을 드리우는 사람들을 만나는 일이 좋다. 책이든, 사람이든 그 진심 앞에 서서 나 또한 내려다보는 나의 일그러진 얼굴을 비추고 싶으니까, 그렇게 하면 정말 진짜가 무엇인지 알 수도 있었으니까. 희망은 견줄 수도 없을 만큼 얇은 실처럼 늘어져서는 끊어지지도 않고 이어진다. 끊어지지 않는 것은 내가 이어가려고 했기 때문이다. 종잇장처럼 얇게 흔들리고 뒤집히는 순간들을 퍼덕이며 균형을 잡는 순간에도 나는 수백 번도 만나보았던 처음과 홀로가 된다.

낯설게. 낯설게.

2022년 9월 3일: 시가 쓰고 싶게

어물쩍 넘어가려고 했던 많은 우울의 언덕을 딛고, 고요를 되찾았다. 어쩌면 다시 이 고요에 시달리며 추락할 일을 기다려야 하는 벌을 받기도 하겠지만, 마음이란 것이 그리 쉽게 개종하지 않는다.

그동안 시 쓰는 삶을 돌아볼 겨를 없이 당연하게 생각하고 있진 않은지 의심하였다. 그래서 당분간은 조금 쉬어야겠다고 다짐했지만 얼마 가지 못해 시가 쓰고 싶어질 것이다.

선물로 받은 노트가 있어 메모를 적어나가기 시작했다. 근래에 원고 청탁들은 모두 거절하면서 나 혼자 읽을 수 있는 시를 먼저 쓰고자 했다. 시집을 내고 난 뒤엔 어떤 정신으로 그렇게 시를 많이 썼었는지 헤아려보게 된다. 부랴부랴 첫 세계를 떠나려는 터미널의 보따리처럼, 나는 너무 많은 것을 짊어지고 가려고 한 것은 아닐까. *무거우니까 좀 두고 가. 나눠서 가져가든지. 이 멍청아!*

만나서 이야기를 나누면 꼭 시가 쓰고 싶어지는 사람들이 있었다. 마음은 사람을 흉내 내지 못하고 진실을 풍기기 마련인데, 그 안에서 쓰고 싶다는 욕망이 일렁인다는 것이 신기했다. 삶의 영감이나 생활의 아름다움에 쓰는 일로 반응할 수 있다는 것은 어떤 마음일지.

어제는 손편지 하나를 받았다. 나는 그 편지를 읽으면서 무척 좋았지만 반면에 불안하기도 했다. 너무

많은 마음을 들키며 살아가고 있었구나, 알아차리지 못하게
감추고 싶었는데도, 감추려고 했던 많은 눈빛과 진심마저
들켜버렸구나. 그런데 좋다. 말하지 않았는데도 들어주는,
섬세히 다가와 곁에 머물러 있는 천사의 자리처럼. 어떤
빛나는 호위를 은은하게 받고 있었다는 느낌이 좋아
안도감과 동시에 수치심도 느꼈다. 어떤 편지는 아주 긴
시간을 보내야 답장을 쓸 수 있게 되기도 한다.

너는 앞으로 어떤 시를 쓰고 싶어? 저는 저만의 시를
쓰고 싶습니다. 그러니까, 그게 어떤 시라는 거야? 그건 잘
모르겠어요.

그런 대화를 마치고 빠져나오던 학교 조회대 밑에서
나는 처음 생각했던 것 같다. 쓰고 싶은 마음만으로 달려갈
수 없다는 것을. 쓰고 싶은 마음으로 엎지른 많은 말과
장면이 떠올랐다. 다 쓰고 나서야 겨우 이게 내 시구나,
생각할 수 있는 순간을 기다리며 쓰고 있었노라고.
기도는 어떤 신에게도 하지 않고 나 자신에게 하고 싶다.
나를 심판할 수 있는 사람도 오직 나뿐이라는 생각으로.
어젯밤에는 십자가들이 으르렁거리며 반짝이는 거리를
빠져나와 그런 생각에 잠기곤 했다.
당분간 쓰지 않기로 했지만, 벌써 쓰고 싶은 마음은
넘쳐흐른다. 쓰겠다는 궁리로 몇 겹의 어둠을 벗겨내고,
침울한 마음마저도 양초처럼 켜두는 미련한 얼굴이 어두운

모니터 화면으로 반사되어 보인다.

쓰게 되었으니, 쓰기로 한다.

2022년 9월 14일: 꿈의 출석부 부르기

인간관계에 있어 소홀하고 게으른 나를 보는 것이 괴롭다. 살뜰하고 다정하기엔 간격이 너무나도 멀고, 그것을 앞질러 갈 부지런도 시간도 모자랄 때마다 무상으로 그리운 얼굴을 떠올린다. 아마도 잊히지 않은 모든 얼굴은 그리운 얼굴의 일그러짐.

그래서 스스로 세운 규칙이 하나 있었다. 꿈에 등장하는 사람들을 기억하며 깨어난다면, 꼭 그들에게 연락을 해보자는 것. 내가 의식적으로 선택하거나 헤아릴 수 없고 그래서 연락한 지 너무 오래된 혹은 연락할 수 없는 사람들이 등장할 수 있다는 점에서 스스로 부당하다고 느끼긴 했지만, 시도해보기로 했다. 그러지 않으면 영영 닿을 수 없을 것 같기 때문이었다. 다짜고짜 잘 지내냐고, 뭐하며 살고 있냐고 그런 질문을 하는 것이 도리어 오랜만에 연락받은 사람에게 부담일 수 있었다. 아니면 다른 마음이 있어서 연락한 게 아닐까 의심부터 하게 되니까. *보험 권유 아님, 청첩장 아님, 보증 서달라는 거 아님.* 그런 우스꽝스러운 메시지를 먼저 보내고 용건을 말하던 후배의 일이 그렇다.

나는 이것을 '꿈의 출석부 부르기'라고 혼자서 명명한 뒤에, 그 후로 꿈에 나타나는 사람들에게 연락을 했다.

오늘은 정말이지 오랜만에 꿈을 꾸었고, 우연히 만난 중학교 동창이 마침 결혼을 하게 되었다고 하여 길 위에서 청첩장을 건넸다. 청첩장의 종이가 너무 하얗고,

깨끗해서 눈이 부셔 그만 꿈에서 깨어났다. 내게는 아주 오랜 친구이자, 서로 직업이 바뀔 때마다 한 시절을 묶어 데려와서는 이야기를 나누었던 친구. 최신 근황이 너무 오래되어 지금은 어디에서 지내는지, 무엇을 지내는지 알 수 없었지만 그전의 기억이 맞는다면 충분히 연락해볼 수 있는 친구였다. 아침에 그에게 문자 메시지를 보냈다. 그냥 솔직하게 꿈에 나와 연락을 했다고, 잘 지내는지 궁금하다고.

친구는 점심이 넘어서야 답장을 했다. 몇 번 문자 메시지를 주고받다가 그게 답답했는지 전화가 와서는, 자신이 정말 곧 결혼할 것 같다고 고백했다. 내가 알고 있던 사는 곳, 직업도 모두 바뀌어 있어서 우리가 함께 묶지 못한 시절이 또 한 무더기겠구나 싶었다. 생각보다 너무 어색해서, 껍질만 있는 이야기를 나누다가 전화를 끊었다. 전화를 끊고 막 시켰던 솥밥을 먹기 시작했는데 굉장히 팍팍했다.

'꿈의 출석부 부르기'를 하고 나서부터 나는 갑작스러운 사람이 되었다. 그럼에도 그걸 갑작스럽게 여기지 않고, 마치 친절한 상담원처럼 응대해준 사람들 덕분에, '꿈의 출석부 부르기'를 계속하게 되었다. 훗날에는 뜬금없이 연락해서는 꿈에 나왔다고 하며 나를 이상한 사람 취급할지 모르겠지만, 꿈에서 부르는 출석을, 현실로 와 이름을 부르는 일로 바꾸는 게 내게는 필요했다. 서툴고 소홀한 나머지 꿈에 기댈 수밖에 없는 순서들이 있었다.

생각해보면 문학은 그 미묘한 영역에 놓여 있는 듯하다.
아주 가깝고 살가운 거리도 아니고, 너무 멀어져 그리움까지
희미해져가는 거리도 아니고, 이따금 꿈에 불쑥 찾아와
얼굴을 비추고, 꿈의 출석부를 통해 간신히 이름을 붙잡는
애매한 사이. 나는 거기에서 많은 것들이 비롯되었다고
생각한다. 해결하지 못하는—절찬리에 우정을 유지하거나,
절교 선언과 같은 명징한 사이가 아닌—관계, 시간에
겹겹이 쌓여서는 서로가 이미 오래된 존재, 잊힘과 희미함
그 사이에서 아른거리는 존재들, 그것들이 덥석 쥐여주는
삶의 보풀 같은 의미들이 있어서 나는 그것들을 오랫동안
생각했다. 이것이 선행되었기 때문에 그들이 꿈에 종종,
이따금 나오는 듯했다.

　　반대로 내가 꿈에 나와서 연락받는 일도 있다. 그게
은근히 유쾌하고 즐거운 일처럼 여겨졌다. 타인의 무의식
속에 바짝 엎드려 있었다는 것, 그렇게 한편의 웅크린
자리가 내게도 있었다는 사실이 반가워서일까. 하루는 큰
문학상을 받는 나를, 하루는 거리에서 사람들을 몰고 다니는
나를, 하루는 통유리로 된 3층 건물에서 거리를 내려다보고
있는 나를 꿈에서 보았다는 목격담을 전해 들었다.

　　타인의 꿈에서 이미 이룬 꿈들이라 그것들이
현실에서는 오지 않는 걸까. 농담처럼 말하고 크게 웃고는
또 뜸해질 연락들이지만, 그렇게 잠깐이나마 지피는 거리가
좋다. 다시 식고, 희미해질 무렵에 어떻게든 서로에게
나타나는 그 묘한 순간들을 나눌 수 있다는 것도. 거기에

나는 시적인 것이 있다고 생각한다. 정확하게 관통하거나, 아예 빗나가는 것이 아니라 빗발치는 와중에 묘하게 들어맞는 것, 서로의 전혀 다른 경사가 하나의 평평한 지면에서 다시 만나게 되는 것을 나는 시와 만날 수 있는 가장 가까운 거리라고 생각한다. 내가 주고 싶은 것, 타인이 내게 읽고 싶은 것이 그렇게 만났다가 또 헤어지면 좋겠다. 어떻게든 서로에게 다시 나타나리라, 자신의 생을 헹구고, 더럽히고, 말리고, 젖은 것을 열심히 훔치면서.

2019년 9월 27일: 장대높이뛰기 선수와 친구 하고 싶다

오랜만에 만난 사람들은 내게 자주 이런 말을 한다. 키가 더 커졌네? 그럴 리가 없어 예전에는 머쓱하게 웃고 넘겼지만, 이제는 머쓱한 쪽이 상대라는 것을 잘 안다. 오늘 만난 교수님은 꿈에 내가 나왔는데, 장대처럼 가만히 있었다고 이야기했다. 잠깐 걸었던 밤거리에는 그런 대화가 오고 갔다. 정작 나는 아무것도 내려다보지 못한 날이었는데.

장대높이뛰기 선수에게, 나 같은 장대는 어때요? 하고 묻고 싶다. 그런 비틀어진 기울기는 내가 펜을 잡았을 때의 기울기와 닮았다. 타인에 의해 내가 헤아려지지 않고 흐려질 땐, 쓰고 싶은 시들이 온다. 힘껏 뛰어와 나를 맨땅에 딛고, 아주 높이 뛰어오르는 상상. 이런 시 쓰기의 상상만이 요즘 유일하게 나의 생동감으로 포착된다. 아직도 나눌 우정이 많다는 듯, 넘어야 할 것이 더 남아 있다는 듯. 시를 쓰면서 나는 자주 기다리는 쪽이 되었다. 무엇이든 찾아오니까. 희망을 넘어서도 된다는 듯이, 나는 장대가 되어 시를 기다린다. 얼마든지 넘어설 수 있게 해주겠다는 각오로.

10月
내가 모르는 이야기가 새어 나오는 불빛을 감지하며
내가 가진 어둠을 생각한다.
어둠 중에서도 가장 밝은 어둠을.

2018년 10월 3일: 건강함이 추억이 되지 않으려면

어렸을 때부터 예민해서 위가 자주 아팠다. 잘 먹지
못하고, 시험을 치르다 친구 등에 업혀 양호실에 실려
가기도 했다. 한 달 동안 엄마가 달걀죽을 싸주기도 했고,
먹는 것에 늘 조심해야 한다는 것을 명심하며 살았다.
그래서 나는 다른 사람들에 비해 식욕이 좋은 편은 아니다.
먹는 것에 대한 욕망이 딱히 없다. 먹는다는 행위보다 먹기
위해 준비되는 과정을 좋아하고, 거기에 더 의미 부여를
하는 편이다. 먹고살기 편하다는 좋은 상태의 표현이 내게는
너무 정확하고 단정하기도 하다.

마음이 건강함을 잃으면 몸으로 신호를 보내고, 몸은
마음대로 되지 않게 되며 나는 잠시 불구의 상태를 겪는다.
겪는다는 것은 견딘다는 것과 같고, 진찰을 받거나 약을
복용하여 가까스로 그것을 넘기지만 그 통증이 자주
반복된다는 것은 근본적인 치료가 되지 않았다는 것이다.
사람들과의 관계에서 스트레스를 받고, 일로 스트레스를
받고, 자연재해처럼 나는 가만히 있더라도 생기는 문제들
때문에 스트레스를 받는다. 몇 년 전까지만 해도 나는
'스트레스'라는 단어를 입에 잘 오르내리지 않는 사람이었다.

무딘한 감각이 몸과 마음에 해가 되는 것들로부터
열리기 시작하자, 하루 종일 기쁜 쪽이나 슬픈 쪽에만 서
있지 않게 된다. 기분이 자주 바뀌고 나는 기분이 태도가
되는 사람이어서, 사람들을 멀리한다. 사람들에게 건강한
모습으로 최선을 다하고 싶다는 이 어쭙잖은 강박 때문에

몸과 마음이 형편없을 때는 약속을 미룬다. 전화를 받지 않는다. 메일이나 문자에 답장하지 않는다. 스스로 고립을 자처하고 나의 형편없음의 주인공이 된다. 요즘엔 그런 일이 종종 있었다. 몸의 나약함이나 마음의 나약함을 들키지 않기 위해 몸을 썼다. 어쨌거나 불균형의 결말이다.

내가 해오는 일 대부분이 사실 내게는 대단하고 큰 것들이다. 그렇지만 또 어떤 관점을 빌려 보게 되면 아무것도 아니고 신경 쓸만한 것들이 아니니, 도리어 마음을 편하게 먹게 된다. 갑자기 모든 것들에 부담을 느끼면서 죽는다, 그만둔다, 절필한다, 그런 농담으로 가까스로 위기를 넘기다가도, 내가 해오던 것들이 있다는 사실만으로 에너지를 느낄 때가 있다. 주말까진 뭘 써야지, 내일은 메일 답장을 해야지, 좋은 기획이라고 말해주어야지, 하는 대화들로 나를 팽창시킨다. 수축과 팽창이 동시다발적으로 이루어진다. 그래서 나의 일기는 대체로 중구난방이다.

얼마 전 수상 소감에도 적었지만 나는 이러한 부담이나 구멍 난 형편없음을 일로 채운다. 더 큰 부담을 만들어서, 어쩔 수 없이 가게 만든다. 휘파람이나 바람의 방향에 흔들리는 나무로부터 양들을 보내지 않고, 으르렁거릴 줄 아는 늑대나 늑대를 닮은 개를 사서 양들을 몰게 된다. 울타리는 점점 넓어지게 되고, 주저앉아도 모를 만큼 멀리에 와 있다. 이 자연을 조금씩 이해하기 시작하니까 아무래도 즐거움만으로 달래기 어려운 마음들이 여기저기 지뢰처럼 놓여 있다.

대학교에 다니며 자취할 때에도 체력이 좋지 않아 걱정이었지만, 지금을 생각하면 그때는 사실 몸과 마음이 왕성했던 것 같다. 지금은 집에 하나둘 사다 놓은 안마 도구들이 있고, 동생에게 시간만 있으면 손과 발, 어깨를 주무르라고 하거나, 혼자서 닿지 않는 곳까지 팔을 뻗어 낑낑대다가 담에 걸려 좌절한다. 몸 하나를 가누는 일이 어려워졌다. 몸 하나, 마음 하나 그렇게 서로를 닮기 시작한다. 나쁜 것을 베끼기 시작한다. 이것을 보고 진찰하고 용기를 내거나, 빠르게 포기하는 나는 이 모든 상황을 자연스럽게 만나고 있다. 좋아질 거란 기대를 미래에 심어두지 않고, 나빠지지 않게만 노력해도 좋을 기대감 없는 달력들을 넘기게 되는 것이다. 그 사이사이에 쓰는 것들이 나의 진단서처럼 보이게 되는 것은 너무 두렵다. 이미 예전에 쓴 시나 산문을 봐도, 그때의 나의 건강을 반영하는 글들이 많으니까. 글에 대한 태도에서만큼은 기분을 몰아내야 하지 않을까. 그러려면 나는 몇 번째 송곳니를 자랑스럽게 보여야 할까? 거울 앞에서 어둠만이 가시기를 기다리는 사람이 된다. 보이게 되면, 보일 때가 된다면 나는 웃고 있을 것이다.

어둠일 땐 어둠에게 상냥해져야지.
빛이 들 땐 빛이 드는 대로 지켜볼 수 있어야겠지.

2017년 10월 15일: 지금 내 곁에 누가 왔다 갔나

출근길에 횡단보도를 건너고 있었는데 누군가 내 이름을 불렀다. "현동아!" 서울에서 나의 본명을 쩌렁대며 부를 수 있는 사람은 몇 없었다. 까마득하게 잊고 있던 대학교 선배였다. 각자 이곳에 왜 있는지 이야기를 나누며 반가운 마음을 숨길 수 없었는데, 빨간불로 바뀌기 전까지 성급하게 대화를 나누고 번호를 교환하느라 정신이 없었다. 시야에서 선배가 사라진 뒤로 나는 꼭 교통사고를 당한 것만 같은 기분이 들었다. 그 우연이 신기해서 선배와 보냈던 어떤 시간을 곱씹다가, 나에게 정말 잘해주었던 사람이었다는 것을 떠올릴 수 있었다. 공백의 무심함을 뚫고 이름을 크게 불러주는 사람을 우연찮게 만날 수 있었다는 것도 신기해하다가 어쭙잖게 만나자고 하지 않으려고 다시 연락은 하지 못했다.

그때 곁에 있던 사람들이 지금은 얼마나 남아 있나 세어보면 굽히지 못한 손가락이 많다. 우리가 싸우거나, 다툰 것도 아닌데 시간의 회전문을 지나면서 조금씩 다른 방향으로 흩어졌다는 생각이 어쩐지 슬프게 느껴졌다. 내가 쓰고 있는 시들은 모두 이렇게 잃어버린 사람들에게서 받아내는 이야기인듯하다. 헤어지자는 약속이나 이별 선언 없이 서로의 곁을 떠나간 사이가 되어 어두워져 있던 시간을 삽시간에 데려오는 일들. 교통사고 같다고 한 표현이 과장된 건 아닌 것 같았다.

지난 주말에는 영화 〈시인의 사랑〉을 보았다. 슬픔을 내 것이라고 자랑스럽게 말하는 영화 속 시인이 내심 부러웠다. 함부로 아름다운 것에 매혹되고, 익숙한 것을 느끼지 못하는 무감각으로 통증과 슬픔을 이해하고 있다니. 무언가에 휩쓸려 매혹당한 일이 기억나지 않고 매일매일 익숙한 것에 치여 사는 나의 장면과 대조했을 땐 그랬다. 아이의 이마에 입맞춤하고 눈물을 흘리는 시인의 사랑에 대해 어떤 정의도 내리기 어려웠지만, 사랑은 자주 슬픔을 데려다 놓고 달래 달라고 떼쓰는 것인데, 우리가 그것에 애쓰고 있다면 사랑에 빠진 것이 맞다. 나는 사랑을 자주 피해 다녔다. 슬픔에도 소홀했다.

　　일기를 쓰는 일마저 힘을 소모하는 일이라고 여겨서, 일기를 제대로 쓰지 않았다. 그사이에 계절이 확 바뀌었고, 날씨는 우중충해졌으며 두꺼운 옷을 꺼내어 입게 되었다. 이렇게 시간을 한꺼번에 건너는 일이 반복처럼 느껴진다. 불쑥 나타나 잊고 있던 시간을 깨우면, 나는 꼭 교통 체증 속에서 문제를 일으킨 사람처럼 얼굴이 빨개진다.

　　과거에 데려온 얼굴을 생각하다가 지금은 누가 내 곁에 있는지 생각했다. 훗날에도 그런 질문을 던지면, 지금 곁에 있는 사람이 그땐 없을 수도 있겠다고 여겨지는데 이것은 별로 절망처럼 느껴지지 않는다. 이 회전문의 원리를 자연스럽게 이해해보는 것이다. 회전문의 수많은 손자국이 나를 두고 영원히 회전할 거라는 생각.

　　어제는 치과에 다녀온 뒤라 아무것도 씹을 수가 없었다.

점심엔 회사 사람들과 죽을 먹었고, 저녁엔 친구들과 죽을 먹었다. 내심 미안한 얼굴을 짓는 나를 보며 친구가 해준 말이 마음에 들었다.

"나 죽 좋아해."

누군가는 죽을 거의 다 남겼고, 누군가는 죽을 다 먹었다. 죽집에서 우리는 깔깔대며 웃었고, 아픈 사람이 많은 죽집은 성황을 이루고 있었다.

11月

발생했던 많은 마음들의 변곡점을 만들어주고 싶다.

한 점으로 모여 사라지는. 한 점에 숨어 한 시절의 마침표를 찍는.

2017년 11월 6일: 겨울의 손잡이를 잡고서

立冬, 겨울이 시작된다. 옷소매가 길어지고 단추가 많아지는 시절을 살게 된다.

다시 태어나는 기분으로 잠이 들 때가 있다. 오늘이 그랬다. 태어나는 기분이라는 것은, 사실 한 번도 느껴본 적 없는 선험적인 경험일 것이다. 눈가에 눈물 대신 눈곱이 껴 있고, 계속 자고 싶다는 생각이 든다. 잠에 대한 생각이 많아졌다는 것은 회피하고 싶은 장면이 일상에 수놓아져 있다는 뜻이기도 하다. 잠으로 침투해서 태어나는 기분을 만들고 싶다. 그것이 죽는 기분이라는 것과 닮았을지도 모르겠다.

최근에는 단어만 메모했다. 단어가 붙잡고 있던 의미를 흘리면 문장이 되고, 문장이 서로 이마를 맞대면 시가 되기도 한다. 나는 메모를 중요하게 생각하지만 그만큼 열심히 메모를 하지는 않는다. 생각으로만 끼적인 것들은 어느새 미끄러져 증발되기도 한다. 모든 것을 다 받아내는 사람보다, 증발을 기다리는 사람이 되기도 한다. 잃어버리는 연습을 한다. 그리고 되찾지 않는다. 그러면 정말 놓쳐서는 안 된다고 느껴지는 것으로부터 다가갈 수 있게 된다.

근래에 쓴 시 중 가장 짧은 시를 적었다. 모두가 잠든 밤, 부엌에 홀로 서서 냉장고를 열고 핀 조명을 받고 있는 초라한 모습처럼, 오늘 쓴 시는 조촐했지만 오늘 치의 배고픔에 대해 말하였다. 그러자 배고픔이 끝났다. 왠지 이대로 두고 싶은 생각이 든다. 깊은 잠 속에서 꿈을 꾸고,

그 꿈을 잃어버린 채로 빠져나오고 싶다.

link 시 「어젯밤 카레, 내일 빵」(시집 『무한한 밤 홀로 미러볼 켜네』 2021, 문학동네)

2018년 11월 11일: 용서 일기

금년 들어 몇 사람에게 편지를 썼는가
그림자도 주민등록을 해야 할까
앞바퀴의 페달을 없애고, 그 페달 부속인 작은 톱니
바퀴의 체인을 뒤쪽 바퀴에 연결한다는 생각은 어떻게
    하여 개발된 것일까
속도에 역사 같은 것이 있을까
술래잡기의 술래귀신에게는 왜 뿔이 없을까
호색한의 본명은 무엇일까
써도 호출할 수 없는 존재는 무엇일까
동경도 삽곡구 삽곡 3-11-7은 희극적일까 비극적일까
역사를 기술하는 데는 인력비행기가 도움이 될까
1분간에 몇 사람의 이름을 부를 수 있을까

                — 데라야마 슈지, 「질문함」 중에서

    연말에 찾아오는 너그러운 기분을 토대로, 무언가를
나누고 싶다는 생각이 들어 낭독회를 준비하게 되었다.
어디선가 요청에 의해 하는 행사가 아니라, 자청하는
낭독회. 사람들을 초대하고, 사람들에게 읽어줄 시를
고르고, 어떤 이야기를 나누게 될지 상상하는 시간 속에서
나는 나부터 용서하기 시작한 것 같다. 미움으로 점철되어

있던 밤송이 하나를 갈라 그 안에 달고 고소한 밤알을
나누는 마음이 드는 것이다.

　사람들에게 읽어줄 시를 고르다가 얼마 전 고가를
주고 중고로 들인 데라야마 슈지의 책에서 시 한 편을
골랐다. "금년 들어 몇 사람에게 편지를 썼는가" 그 문장에
사로잡혀서는 많은 사람을 떠올리고, 준 적 없이 돌아온
마음들을 헤아리다가 그만 누그러진 얼굴이 있었다.
데라야마 슈지가 간직하고 있는 삐딱하고 불균형한
시선들이, 나의 어떤 것들을 팽창하고 수축시킨다. 그 알
수 없는 무모함이 때론 좋고, 이끌리게 된다. "1분간에 몇
사람의 이름을 부를 수 있을까"를 보고는 올해에는 어떤
이름들을 부르고 있었나 생각하며, 낭독회 행사 땐 오신
분들의 이름을 한 명씩 꼭 불러야겠다고 다짐했다.

　굴뚝의 도둑이 되어서, 좋은 시를 읽는 순간 컴퓨터에
옮겨 적어둔다. 그러면 내가 나름대로 선별한 시선집
파일이 된다. 거기에서 수업 때 함께 읽을 시를 찾기도
하고, 누군가의 편지에 적어주기도 하며, 시가 잘되지 않을
때 좋은 독서거리로 삼기도 한다. 올해에는 68편의 시를
훔쳤다. 시집 한 권이 훨씬 넘는 분량인데, 데라야마 슈지의
이 시를 마지막으로 저장해두게 될 것 같았다. 내 많은
단추들이 여기에 숨겨져 있었다. 이것들이 "써도 호출할 수
없는 존재"가 아닐까 싶었고.

　종이에 시를 이분할로 나누어 여러 장 인쇄하고, 그

사이를 스테이플러로 박아 접었다. 중철 제본처럼, 그러나
허술하기 짝이 없는 이 낭독 원고를 스무 부 복사해 내가
마련한 연말의 자리로 가면, 나는 어떤 용서를 끝낼 수 있을
것만 같다. 막 인쇄한 따뜻한 종이에 볼을 갖다 대고는,
차가워져가던 나의 어떤 이름을 불러보았다. 대답은
없었지만 돌아보는 게 있었다.

2019년 11월 30일: 행운은 불행의 모조품

무엇을 하지 않을지에 대해 생각하고 있다. 그게 단념하는 일이라는 것을 까마득하게 모르고. 훌륭하게 그 생각을 실천하고 싶지만 자신 없다. 무언가를 하지 않는 것으로 느끼게 될 공허함은 소용돌이의 심연보다 더 달그락거릴 것이다. 지금의 결정이 훗날의 돌아봄을 빚을 수도 있겠지만 잘 모르겠다. 아직은 어떤 결정도 하지 않았다. 혼자서 들고, 혼자서 내려놓는 그 쓸쓸하고 적막한 가벼움이, 이제는 좀 무섭다.

생활을 돌볼 수 없고 그만큼의 여력이 필요해 시간을 요청한다. 그런데 시간 문제는 아닌 것 같다는 생각. 시 바깥에 있는 시에게 들어오라고 말한 다음 열리지 않는 문고리만 바라보고 있는 느낌이 든다. 조금 멀리 떨어져 있는 것이 가장 좋다. 애틋함을 틔우고, 만개할 시간을 기다려주는 울타리처럼 울타리와 울타리가 만나기 위해서는 얼마나 큰 언덕을 가져야 하는지 잘 모르는 사람처럼.

작년 이맘때는 한 해 원고 마감을 모두 털고, 바지런히 사람들과 송년회를 했는데 올해는 그럴 수가 없게 되었다. 나는 이것이 불행의 시작이 아니라 행운의 끝이라고 생각해. 행운이 모두 다한 다음 목숨의 흉측한 모양을 본떠 다시 행운으로 불릴 때까지, 불가능은 아름다운 역사와도 같고 나의 다짐은 그 앞에서 성냥개비다.

부러지거나 타오르거나 그런 선택만 어렵지 않지, 눈에 띄게 사라지는 방법? 눈빛이 많이 머무는 생활이 좋다. 나의

방, 나의 침대, 나의 책상에는 눈빛이 실종되었고, 시간에
쫓기는 손길만 안달 나 있는 주름들, 주름을 활짝 펼치고
나아가 가장 아름다운 덧니를 보여주면서 웃어. 살면서
알았다는 대답은 얼마나 많이 해왔을까. 모르면서.

link 시 「파두」(시집 『소소소 小小小』 2020, 현대문학)

12月
몸도 마음도 너그러워지는. 편지를 쓰는.
보낼 수 없는. 남기고 가는. 떠나고야 마는.
사라져야 다시 시작할 수 있는 이야기. 축하하고 싶은 이야기의 밤.

2021년 12월 3일: 시 하는 삶

　오늘은 한 대학교에서 특강을 했다. 집과 정반대 편에 위치한 곳이라 오가는 시간이 상당 소요되어 고민하였지만, 그 고민을 깨트리는 담당자 선생님의 말이 두 가지가 있었다. 하나는 '코로나 학번'이라는 말이었다. 지금 학교에 다니고 있는 학생들이 '코로나'로 인해 학교에 거의 오지 못하다가 근래에 겨우 다시 찾아오고 있다는 말이 참 슬프게 느껴졌다. '코로나 학번'이라는 말 자체로 지우게 된(어쩌면 채우지 못하게 된) 시간을 나는 아무 걱정 없이 지나왔기 때문에 어떤 식으로든 돌려주었으면 하는 마음이 들어 흔쾌히 수락하였다. 생각해보니 모교에서 특강을 대체하여 온라인으로 녹화를 한 적 있었는데, 그때 받았던 후기 중에 인상 깊은 것들이 있었다. 학교에 아직 한 번도 가본 적이 없다든지, 위치가 어디인지 모른다는 이야기들이 그랬다. 다른 하나는 "선생님께서 시 하는 삶을 들려주셨으면 좋겠어요"라는 말이었다. 처음에는 "시야는 삶이요?"라고 되물었는데, '시, 하는, 삶'이라고 또박또박 발음해주어 다시 알아들었다.

　시 하는 삶, 김혜순 시인이 했던 말이기도 하다. 시를 쓰거나 읽는 일을 넘어서 시를 '하고 있는' 상태로 여기는 일에 대해 생각했다. 다른 차원으로 시를 생각하고 말해볼 수 있을 것 같아서 그 나름대로 의미를 가질 수 있었다. 특강 자리에는 50여 명의 학생이 옹기종기 모여 앉아 있었다. 다들 마스크를 쓰고 있어서였는지 꼭 아무도 없는

느낌이기도 했다. 준비한 이야기를 꺼내면서 뜬 눈만
보이던 풍경이 서서히 감겨가는 모습을 보는 것도 좋았다.
이 장면을 영원히 간직하고 싶다고 생각했으니까.

　　시를 곁에 두고, 시를 그러니까 '하는 것'이라고
생각한 지는 꽤 오래되었다. 그 자리에 있던 누군가는 나를
기인처럼 생각하기도 했고, 누군가는 첨단 시대의 철없는
예술가처럼 생각하는 사람도 있었다. 내가 시 하는 삶에서
느낀 기쁨, 젖음, 피로, 슬픔을 한데 이야기하다 보니 '시
하는 삶' 자체가 누군가에게는 굉장히 특별하게 이루고
있는 삶처럼 느껴질 수 있겠다고 여겨졌다. 서커스의
묘기를 보고 난 뒤의 얼굴로 질문하던 사람들에게서 짐작할
수 있었다.

　　오늘은 시도 쓰지 않고, 읽지도 않았지만 시에 대한
이야기를 잔뜩 나누고 왔다. 그러니까 시 하는 삶이었다.
집에 돌아와 추운 몸을 녹이니 무거워지는 기분이 들었다.
내 영혼의 깃털을 뽑아다가 현실을 두툼하게 두르고 사는
것만 같다. 영혼으로 시 하는 삶을 살라고 말하고는, 정작
나는 돌아갈 곳이 보이지 않을 정도로 껍데기만 무성해지는
건 아닌지. 꼭 거짓말을 둘러대는 사람이 된 기분을 느끼는
건 정말이지 '하고 있는 사람'의 감정이다. '했던 사람'은
잊어버리게 된 수치심. 시 이야기를 하려고 왕복 세 시간을
지하철 안에서 보내면서, 그마저도 코트 주머니에서 꺼낸
시집을 읽은 일. 차창 풍경을 볼 겨를도 없이 아직 오지도

않은 다음 시를 무작정 배웅 나간 일.

  고등학교 시절 헌책방에서 구매했던 시집부터 방금
우편함에서 꺼내온 시집까지 빼곡하게 꽂혀 있는 책꽂이를
돌아본다. 내 불명의 주소지를 대신했던 이름들이다.

2019년 12월 4일: 늦은 땔감 배달

오늘은 이런 질문에 사로잡혀 있었다. 나는 무엇을 위해
기록하나? 일단 침묵으로 일관했다. 남겨지면 왠지 살고
있다는 기분이 든다. 생활의 지진계처럼, 진동하고 있다는
기분을 느끼면서 살아남았다는 생각을 하는 것이다. 그런
식으로 안일하게 삶을 넘겨온 지 오래되었다. 새 책상과
새 컴퓨터와 새 의자에 적응 중인데, 오래된 나의 편안한
자세를 잃어버렸다는 뜻이기도 하다. 되돌아올 수 없는
불능의 자세로 열심히 서랍 정리만 하였다. 새로운 국면은
글을 쓰는 데 도움이 된다. 밤새 작은 스탠드 하나만 켜놓고
원고를 정리하고, 조금 썼다. 이제는 썼다는 사실만으로는
위안이 되지 않는다. 가까스로 나의 언덕을 바라보았다는
느낌뿐이다. 그러다 풍차처럼 떠들 수도 있고, 길 잃은
양처럼 실컷 울 수도 있겠지.

누군가를 미워하는 마음도 피곤하기에 모든 것을
용서한 사람처럼 친절하게 살아가는 것일지도 모르겠다.
잠시 고통과 바늘로 꿰맨 공을 차고 놀았다는 생각이 든다.
인간을 너무 쉽게 혐오했고, 나는 또 너무 쉽게 사랑을
받았으므로, 넘어지게 된다. 불을 꺼둔 채로 작은 난로
하나만 켜두니 꼭 불을 지핀 듯한 느낌이 든다. 어둠 속에
가만히 앉아 보고 듣고 만나며 느낀 것들을 땔감으로 쓴다.
나의 땔감은 자주 젖어 있어서, 그것들을 말리는 시간만 한
계절이 필요하다. 그토록 어렵게 불을 질러놓고, 멀리서는
따뜻해 보이지만 가까이선 기침에 중독되어 들썩이는 나는

이 풍경 속에서 무엇을 기록하고 있을까?

link 시 「빛불」(시집 「무한한 밤 홀로 미러볼 켜네」 2021, 문학동네)

2017년 12월 5일: 창고에서 꼬마전구를 꺼내오는 일

밝은 것에 옳게 되는 다정하고 온화한 마음을 내 것이라 여기며 걷게 되는 겨울 거리. 두 손을 커다란 주머니에 찔러 넣고 추위에 발걸음을 재촉하더라도, 가게마다 내놓은 크리스마스 트리를 보게 된다. 저마다 반짝이고 있다는 것이 새삼 신기하고 아름다워서, 눈동자에 가득 담아오게 된다.

오늘 마감하여 송고한 시는 성탄절을 소재로 한 것이었다. 그러나 어쩐지 밝고 명랑한 시작과 다르게 어둡게 끝난 것 같아서 역시 시는 어쩔 수 없나 하고 실소하였다. 고요하고 침울하기도 한 느린 캐럴을 들으며 쓰다가, 내가 그동안 눈동자에 담았던 밝은 것들을 떠올리다 이내 점멸되는 순간까지 떠올라서 그랬는지 모르겠다. 그 기저에는 기다림이 있었고, 아무래도 기다림에 대해 생각하면 무엇이든 새카맣게 덧칠되기 때문이 아닐까 의심하기도 하였다.

내가 오늘 기다리고 있던 것은 늦게 들어오는 동생이었다. 밤에는 너무 어두운 현관이라, 현관 등을 미리 켜두었는데 집주인이 그것을 보고 대뜸 자정이 된 시간에 문을 두드려 전기세를 아끼라며 훈수를 두고 갔다. 작은 목소리로 네, 하고 대답했지만 그 대답에 들어 있는 아니오,를 열심히 흔들어보는 시간이었다.

오늘은 나와 런던에서 추억을 가장 많이 만들었던

동생의 생일이었다. 생일을 빌미로 오랜만에 연락했다.
그동안 각자 깨달은 것을 적절한 유머와 함께 말할 수 있어
다행이라는 생각도 들었다.

  그간 연락은 하지 않았지만 고등학교 때 나를 잘
보살펴주었던 친구는 결혼식 청첩장을 보내왔다. 그날
일정이 있어 가볼 수 없기에 안부에 안부를 보탠 기다란
메시지를 보냈다. 어쩐지 못다 한 이야기가 남아 있다는
생각. 못다 한 이야기는 어디에서 나누지? 책상 앞에 앉아
그런 것들을 중얼거리며 쓴 시이기도 했다.

  12월은 안식월로 두어서, 일을 하지 않기로 하였는데
오늘은 그것을 어기고야 말았다. 그래도 남아 있는 달력은
텅 비어 있다. 12월의 달력은 오래된 꼬마전구를 창고에서
꺼내오는 일과 닮았다. 반가운 약속들로 불을 하나씩 켜보는
일. 다정한 사람들의 이름과 만날 시간을 적고, 이름을
여럿이 적을수록 좁은 벤치를 나눠 앉는 일처럼 가깝기도
하다고. 꼬마전구가 있는 힘껏 쏟아내는 온기와 여럿이 모여
비추는 밝음으로 내년의 어두움을 밀고 나가야지. 그런 마음
하나는 기다림으로 간직하기로 하였다.

link 시 「성탄전야」(『무한한 밤 홀로 미러볼 켜네』 2021, 문학동네)

부록
문학 소고

당신과 당신의 가장 문학적인 것

우리의 삶에 있어 문학이 옹호하는 부분이 있다면, 그것은 보이지 않는 것에 대한 통찰과 깨달음의 기회를 선사하는 일이다. 표면적으로 훤히 드러나 부유하는 얇은 사실 속에서, 진실의 형체를 새로이 빚게 만드는 것이야말로 문학이 실존하는 이유이기 때문이다. 문학은 우리가 보고 듣고 느끼는 모든 감각의 뒤안길에서 일렁임으로 머물러 있다.

문학 작품을 읽고, 보이지 않는 작가와 작품의 의도를 파악해온 것은 우리가 문학을 학습해온 단순한 방식 중 하나였다. 사실 그 지표에는 정답이 없기에, 문학이 기꺼이 즐거울 수 있는 것도 정답이 없다는 함정 속에 놓여 있는 것이기도 하다. 때로는 실체가 없어 어림잡을 수밖에 없으면서도, 그렇게 드리우는 진실을 마주해야 할 때도 있다. 우리가 살면서 경험하는 '문학적인 것'의 양상은 다르게, 동시에 흘러간다. 독자의 입장에서 때로는 삶을 아름답게 부유할 수 있도록 만들지만, 창작자의 입장에서는 계속 넘어야 할 장벽이 아닐 수 없다.

일련의 과정과 시절 속에서 깨닫게 되는 것들이 있다. 마음에 병이 나서 이마에 난 뾰루지를 쥐어짜며 눈물이 고이게 된다거나, 자도 자도 굴속에 있는 것만 같은 아득한 어둠을 느끼게 된다거나. 몸이 고스란히 반영하는 마음의 성정처럼 문학 또한 우리가 살아내는 것들의 통증을 언어로 일궈낸다.

문예 창작을 전공하면서, 나는 '문학적인 것'에 대해 자주 골몰했다. 턱을 괴고 망상에 빠지는 일처럼 그리 쉽고 간단한 것은 아니었다. 문학은 책 속에 고스란히 남겨져 있는 것이기도 했고, 누군가 꾼 허황된 꿈 이야기에도 있었고, 처음 먹어보는 음식 위에도 흩뿌려져 있었다. 아침 만원 버스에 탄 사람들의 구겨진 표정 속에도 있었고, 분주히 제 갈 길을 가는 길고양이의 흰 꼬리에도 맺혀 있었다. 한참이나 찾았던 물건을 코트 안주머니에서 허무하게 발견했을 때에도, 오랫동안 양파를 볶아 끓인 카레 속에서도 문학은 있을 수 있었다. 내가 마주하게 된 생활의 양상 속에서, 나의 설명할 수 없었던 부분을 빗대면서 그렇게 삶을 조금씩 끄덕이게 되었다. 그게 문학적인 것이라면, 문학적인 것은 너무나도 많고 동시에 아무 데에도 없는 것이기도 했다.

시인이라고 해서 이럴 줄 알았는데, 생각보다 아니네요?
그런 단골 인사를 들을 때면 기분이 좋았다. 내가 생각하는 시 쓰는 사람들은 모두 별로였으니까. 대학 시절에는, 흡연하는 곳에 옹기종기 모여 술이나 여자 이야기나 실컷 하면서 문학을 하는 포즈만 취하던 선배들이 싫었다. 우연히 술자리에서 만난 시인들 이야기를 영웅담처럼 떠벌리거나, 시 쓰는 자기 자신을 그저 사랑하는 사람들이 왜 이렇게 싫었을까? 골방에서 병들며 자신의 삶을 투신하고, 원고지 위에서 자주 접질리던 하찮은 시인의 이미지가 차라리 더 낫다고 생각했다.

그건 신비 속에 문학이 갇혀 있었기 때문이었다. 다 드러내지 않고, 적당히 숨기면서 자신을 은닉할 수 있는 문학이라는 아우라를, 노스페이스 패딩처럼 매일 껴입고 다니던 선배를 가끔 생각하며, 나는 학교를 떠나와 여전히 시를 썼다. 그들 사이에선 성실함이나 착한 심성이 도리어 놀림감이 되고, 죽음을 농담처럼 말하고 피폐한 삶이 자랑이 되는 '문학적인 것'에 대해 나는 일찌감치 회의감을 느꼈다. 신비 속에 갇혀 있던 문학 뒤로 은폐해온 많은 진실이 폭로되던 2016년 늦겨울엔, 나는 희미해져가는 그들의 얼굴과 이름을 가만히 떠올려보기도 했다.

그럼에도 '문학적인 것'에 대한 호출에 응답해오면서, 문학적인 것을 강요받아 왔다는 생각을 지울 수는 없다. 문학적인 것을 규정하고, 그것에 맞게 자신을 변형시키며 출처가 불분명한 문학적인 것에 심취해야만 했던 시간이 내게도 있었다. 이십 대를 온전히, 잘 구성된 새장을 바라보며 들어가고 나오기를 반복하면서, 문학적인 것의 안과 밖을 오해하는 것으로 보냈다. 사람들이 인정해줄 법한 것으로 문학적인 치장을 했을 땐 복면을 쓴 사람처럼 용감해지기도 했다. 누구나 그럴듯하게 끄덕일 수 있는 문학적인 합의를 찾는 것에 이십 대를 온전히 할애했다. 누군가 내게 좋아하는 노래를 묻는다면? 나는 방금 소녀시대 노래를 들었지만, 시규어 로스를 대답해야만 할 것 같았다. 시를 쓰는 사람이기에.

그건 창작에서도 마찬가지였다. 생활적인 것, 주변의 사소한 것을 작품 소재로 쓰는 것이 촌스러웠다. 서정시가 아니라 그 반대편 전위적인 곳에 나의 문법이 있다고 믿으며, 매일 안간힘을 쓰며 쥐고 있던 슬픔과 사랑은 억누르면서, 내가 돌아오지 않는 시를 썼다. 내가 아닐수록 좋았지만, 앞이 보이질 않았다. 자주 죽음에 대해 이야기했고, 시가 전부여선 안 되지만 또 그럴 수도 있겠다며 오지도 않은 미래를 낙담했다. 문학적으로 나는 만들어졌다. 사람들이 내게 기대하는 모습처럼. 그 꾸며낸 모습을 걷어내니 그때의 내 모습도 함께 지워져버렸다.

정형화된 틀에 갇히는 게 싫었지만, 자신 스스로를 옭아매며 가두게 된 것은 문학이 건넨 또 다른 함정이었다. 문학적인 것을 오래 생각하다가, 정작 문학적인 것에 다가서지 못하게 된 시절을 잰걸음으로 걸었을 땐 책을 읽는 일만이 유일한 위안이었다. 타인의 입김 속에서 하얗게 지워져버리는 내 모습을 되찾는 것은, 문학적인 것에 대한 관측을 그만둔 일로부터 다시 시작되었다. 문학적인 것은, 몸에 옮겨붙는 베드버그 같은 것이다. 불분명한 출처에서 와 선명한 통증을 남기고 가는 것이었기 때문이다. 가려움을 참을 수 없을 때까지 긁고, 흉진 상처를 서서히 잊어가는 동안에 시는 종종 찾아왔다. 이따금 홀연히 떠나가기도 했다.

문학적인 것을 꿈꾸었으나, 그 정면은 나의 오랜 뒷모습에 있었다. 오랫동안 나를 바라보는 기다림의 형태로. 문학적인 모든 것은 뒤돌아봄에서 출발했다. 갈 길이 먼 게 아니라, 돌아갈 길이 아득한 것이 문학이 준 일상이었다. 아직도 누군가가 시인이라는 단서로 나를 재단하려고 할 때마다, 나는 준비된 문학적인 답변을 떠올린다. 삶도 문학적이길 바란 적은 없다. 문학이 삶이 되는 일도. 누군가의 기대를 완벽하게 져버리고 싶다는 생각. 새장을 열어두고 살고 싶다는 생각. 생각에 미처 도착하지 않는 생각들을 가지고 살아간다. 물에 빠진 채로, 다시 물에서 빠져나오기 위해 삶을 바쳐 발버둥 치는 한 사람의 몸짓을, 문학적인 것이라고 다 설명할 수 없기에.

공동 자화상

†

시 창작 강의가 끝날 무렵에는 수강생들의 작품을 모아 함께 읽고 나누는 자리를 마련하곤 한다. 모두가 기대하는 시간이면서도 부담을 느끼기에 되도록 합평이라는 딱딱한 형태에서 조금은 벗어나는 방식을 차용한다. 오로지 작품들을 위한 현장을 만드는 것이다. 저마다 다른 목적과 목표를 가지고 시를 쓰고 있지만, 그 자리에서만큼은 누가 썼는지 그 의도나 이유를 알 수 없도록 무기명의 상태로 작품을 나눈다. 시 외연에서 나타날 수 있는 개별성을 완전히 소거하기 위하여 미리 받은 작품을 서체며 글자 크기며 작품의 양식을 모두 동일하게 하여 나눈 다음, 우리는 그것을 읽고 작품에 집중한다. 작품은 당연히 성별도, 사는 곳도, 직업도, 나이도 가지지 않은 채로 감상된다. 시를 투명하게 출력하고 읽으면서, 이 작품들이 오늘날 우리의 테이블 위로 도착한 이유에 대해 함께 생각해본다. 동시대를 함께 호흡하고 있는 여러 작품의 목소리를 귀 기울여 듣고 또 읽다 보면, 그때부터는 누가 썼는지에 대한 추리는 끝나고 더 이상 중요해지지 않는 경험을 하게 된다.

한번은 이런 경우도 있었다. 시 창작 강의가 아니라 에세이 쓰기 모임이었다. 호스트로 나선 나는 첫 시간에 서로에 대한 편견을 만들지 않는 자기소개 시간을 주도했다. 규칙은 나이와 MBTI를 넣지 않고 소개하는 조건이었다. 모두가 웃었다. 첫 소개에서 경험하지 않은 타인의 많은 정보를 내포하는 요소를 나누지 않기로 한 약속이었다. 사람들은 처음 본 얼굴들을 두리번거리며 침착하게 자기소개를 이어나갔다. 소개를 모두 마치고, 각자 무슨 말을 했었는지 더듬어 보던 고요한 순간에 모임에 뒤늦게 들어온 한 사람이 자리를 찾아 앉아 숨을 고르고 있었다. 어떤 상황인지 머뭇거리기에 자기소개 중이었다고 상황을 설명하자 곧이어 자신의 나이와 MBTI가 섞인 소개를 해버려서 웃음바다가 되기도 했다. 무엇을 말해야 삽시간에 나의 정보를 도달시키고, 또 공감대를 만들 수 있는지 너무나도 잘 아는 또래들을 만나고 온 뒤에는, 문학이라는 문법은 그에 비해 꽤나 복잡하고 비효율적으로 느껴지기도 했다. 그럼에도 문학만큼은 우리가 보낼 수 있는 시간과 무언가를 깨닫는 시간을 지연시키더라도, 그만큼 내밀하게 사유하고 감각하는 실마리가 되어야 하지 않을까 내심 생각해왔다. 문학 작품이 붙잡아둔 과거의 시간들을 만나다 보면, 현재에 도래해 있는 언어들과 이질적인 면을 만나게 된다. 그리고 나는 이 시대를 어떻게 통과하며, 또 무엇을 써야 할지 고민에 빠지게 된다.

†

문학이 갱신해온 시대의 표정들은 그 시절의 자화상이 되기도 한다. 하나의 얼굴 속에서도 이토록 무수히 많은 표정이 빚어질 수 있다는 것은, 문학이 그만큼 다양한 형태로 표현되어서이기도 하지만 그전에 변모하고 있는 세계를 골똘히 응시했다는 증거이기도 하다. 문학의 눈빛은 시간의 마디마다 숨겨져 있던 것들을 길어 올리거나 투시할 수 있게 돕고, 우리에게 더 많은 것을 보여준다. 눈부심이나 어두움으로 세상의 명암을 조절해 파다해진 세계의 윤곽 위에 설 수 있게 한다.

수강생의 시를 읽고 난 뒤에는 언제나 책상에서 다시 출발이다. 쌓여 있는 책들과 내가 쓰다 만 시들에 대해서도 다시금 생각할 수밖에 없다. 그 곤란함이 좋은데, 시를 나눠 읽은 현장을 통과하게 되었을 때 느끼는 나와 타자, 그 사이의 거리, 공동체와 우리, 이루고 있던 많은 질서와 혼돈 등을 한꺼번에 사유할 수 있다는 점이 그렇다. 이 실감 나는 아상블라주(assemblage)를 경험한 뒤에는 비로소 현장감이라는 감각을 체득하게 된다. 동시대의 생생한 감각만을 지닌다는 것이 아니라, 이를 토대로 우리 앞에 나타나는 현상과 문제의 실체, 그 진실이나 허상이 품고 있던 근본에 대해서도 알고 싶어지게 된다. 새로이 갱신된 풍경을 문학 작품 속에서 체험하고, 현재 도래해 있던 세계와 접촉하는 순간을 느낄 때마다 물리적인 나이나 출신 등을 배제하고서라도 근거리에 드러나 있는 현상들을 마주하게 된다. 대형 서점 신간 매대 위나, 문학 행사 후 뒤풀이 등에서 겪는 현장감보다도, 나는 이렇게 느끼는 경험이 무척이나 소중하다.

현장 비평들도 이러한 원리 속에서 발표되는 동시대의

작품을 조명한다. 한 겹의 얇은 천처럼 펄럭이던 작품들이, 여러 겹으로 내려앉게 되면서 공통적으로 맺히게 되는 상을 투시하는 형태로 전개된다. 그것을 방점에 두고 시대의 표정을 그리다 보면 현장에서 호출되는 것들을─동시에 응답하는 형태의─찾아볼 수 있다. 그것을 단서로 한 시대가, 한 세대가 헐겁게나마 이루고 있던 질서를 알아차리는 것 또한 시 읽기의 재미이자 시 쓰기의 미래가 동반해야 할 숙제이기도 하다.

세대론적 관점을 지니고 분석하는 위험성을 피하면서 조심스럽게 살펴보았을 때, 시의 차원에서 내가 경험한 요즘의 시 쓰기는 묘할 정도로 선명하게 뚜렷하다. 유행의 관점에서 이야기를 한다면, 최근의 시에서 등장하는 엇비슷한 공통점이 세대가 지닌 한계와 그로 인한 복제 방식처럼 부정적으로 느껴질 수도 있을 것이다. 그러나 내가 주목하며 읽은 부분은 서로 다른 상황과 방향에서 출발한 이야기가 엇비슷한 마음으로 흐르고 통하는 연대의 경험을 문학 작품에서 하게 되고, 시 안에서 공유되는 방식 자체가 이 시대에 보내는 호출이나 신호처럼 느껴진다는 점이다. 이러한 사유를 뒤로 하고 내가 써온 시들만 살펴봐도 명징하다. 의식한 적 없었지만, 우리 세대가 지니고 있는 시대적 정황이나 정서가 비슷하게 느껴진다는 점은 공공연히 우리가 함께 실감하고 있는 무언가가 있다는 생각을 하게 만든다.

†

근래에 발표되어온 작품들을 읽으며 맨 처음으로 포개어졌던 일은 시 안에서 화자들의 이동과 움직임, 보폭 자체가 '산책'이라는 단위로 발현된다는 점에 있다. 걷기의 행위로부터 실전도 연습도 없는 시간을 실현하고 구성하기 위해 시의 장소들 또한 숲이나 해변, 바다나 공원 등이 자주 호출된다는 것이 인상적이다. 언제든지 갈 수 있고, 또 모두에게 열려 있는 공간이라는 점에서 우리에게 유한하고도 무한한 주소를 쥐여주는 지극히 일상적인 공간들이다. 산책이라는 단위에는 응시하고 관찰한다는 감각도 내재되어 있을 뿐만 아니라 어딘가에 고정되어 있지 않고 움직이는 존재로서 마주침과 엇갈림의 기로에 늘 서 있게 된다는 점에서 위와 같은 장소들은 특별한 서사가 일어나지 않더라도 충분히 이야기로 만들어질 수 있다. 벤치에 앉아서 그곳 풍경을 살펴보거나, 함께 동행한 사람과 대화를 나누거나, 그곳에서 펼쳐지는 지극히 소박한 풍경들을 지켜보면서 사유한다. 문학이 그동안 점유하고 있던 신비로움에서 탈피하여 작품 전면에서도 이제는 누구나 액자 속에 하나쯤 간직하고 있을 법한 사진 속 풍경, 언제든 마음껏 오고 갈 수 있는 장소에서의 권태로움을 빌미로 새로운 이야기를 다시 쓰는 것이다.

　　사실 이러한 장소들이 최근에 들어서 많이 쓰인 곳들은 아니다. 아주 오래전부터 시에서 실천되어 온 장소들이지만, 누구에게나 개방되어 있고 일상의 시간을 공유하는 장소라는 점에서 주는 안정감, 또 그 안정감 속에 있을 때 뚜렷하게 그려낼 수 있는 시대적 정서가 있다는 점, 그에 따르는 체험이 개별성을 만들어가는 중요한 역할을 한다는 점을 주목해볼 수 있다. 근래의 경향에서 쉽게 읽어낼 수 있는 요소 중 하나인데, 위와 같은 장소를 시의 배경으로 두고 시를 쓸 적에 우리는 이 장소들에 대한 기시감을 묘하게 지니고 있으면서도 완벽하게 그 풍경이 일치할 수 없다는 점—각자 서 있는 위치에 따라서 같은 풍경도 다르게 감각한다는 배경으로서의 주소들—을 토대로 그 장소에 대한 새로운 체험을 제공하기도 한다. 마치 크로마키 앞에 서서 원하는 풍경을 그리는 순간처럼 느껴진다. 읽는 이에게도 익숙하다는 점과 처음과 끝, 출발과 도착을 염두에 두지 않고 무한히 걷게 될 수 있는 시간성까지 산책이라는 단위로 선점하면서 일상이라는 한계적 상황을 잠시 극복하는 방식으로 채택되기도 한다. 자연에 가까워져 있는 풍경이라는 점에서, 일상의 견고하고 물리적인 시간을 환기하는 공간으로 채택한다는 점에서, 날씨나 기후와 같은 자연 현상과 밀접해 있다는 점에서 한 치 앞도 내다볼 수 없는 불투명한 미래와 시대적 정서를 그려내기에 좋은 주소지다.

†

시에서 화분의 출연도 매우 빈번해졌다. 식물의 구체적인 이름이 등장하거나 화분이라는 소분된 생명의 시공간을 이야기하는 방식도 어렵지 않게 찾아볼 수 있다. 공동체 속에서 개별성을 호명하는데 탁월한 구조를 갖춘 이미지가 아

닐까 짐작해보게 된다. 꽃이나 나무에 대해 오랫동안 노래해
온 시의 낭만적인 전통을 톺아보았을 때, 지금의 현상은 그
리 새로운 일은 아니다. 다시금 꽃과 나무에 대해 노래하는
방식이 흥행하는 것은, 시대적 호출에 개별성의 방식으로 응
답하는 적극적인 방식으로 활용하고 있기 때문이다. 단순
히 시적인 측면에서 식물을 소재로 승화시킨다는 점이 아니
라, 하나의 개별성을 이루는 요소로 쓰인다는 점에서 특징적
이다. 아이 하나를 키우기 위해 마을 하나가 필요하다는 이
야기처럼, 우리는 각자의 화분을 지키기 위해 고군분투한다.
일상이 헝클어지면 창틀에 놓인 화분 하나 건사하는 게 쉽지
않다는 것은 우리가 일상을 온전히 지키고 살아갈 때 가능한
일들이다. 세상의 안과 밖의 경계로서의 상징, 내면의 나와
외면의 나의 혼재됨, 나와 타자, 실내와 실외를 모두 지니고
있다는 면모에서 화분은 많은 것을 상징하고 있다. 삶 내부
에 내재된 성장과 결실, 죽음과 탄생, 현실과 신화, 뿌리라는
근본 등 그 모든 테마를 아울러 하나의 풍경에서 경험할 수
있는 삶의 미니어처로서 감각한다는 점에서, 정원이나 화단,
숲이라는 세계가 거대한 형태로는 말할 수 없던 미묘하고 세
밀한 부분까지 보완하여 이야기하는 방식을 선택했다고 짐
작해볼 수 있다.

시대적 정서라는 것은 대체적으로 다양한 뉴스에서 반
복적으로 보도하는 사태와 현상들, 그리고 그것을 감각하는
동시대 사람들의 감정과 여론에서 출발할 것이다. 거주지 불
안을 누구나 안고 살아가야 하는 불확실한 시대에 자연재해

는 크게 늘었고, 환경이라는 한정적 자원의 고갈로 그에 대한 인식이 예민해지고 있다. 차별금지법과 더불어 소수자들의 인권, 그리고 여성 인권의 회복을 위해 세계는 몸살을 앓고 있다. 전쟁 중인 국가와 희생자들이 아직도 있으며, 인공지능이 관여하는 인간의 영역은 나날이 넓어져가고 있다. 짧은 영상에 담아 높은 조회수와 인기를 모으는 플랫폼 안에서는 맥락은 없고 자극만 남겨져 있다. 무엇보다도 팬데믹이라는 거대한 변화 속에서 재구성된 일상의 새로운 질서는 이러한 시대적 정서를 더 분명하게 하는 계기였다. 주체적인 삶을 위해 선택과 포기를 계속해서 번복할 수밖에 없는 일은 비단 현재 젊은 세대만이 겪는 난항은 아니겠지만, 자신을 지키는 일을 주저하지 않고 세계와 둘러싸인 자신을 평범한 일상 속에서 출력하고, 불화하고 돌보면서 삶의 방향성을 끊임없이 둘러보고 있다. 이것이 소박한 일이라면 우리는 소박한 일들로부터 삶을 이해하기 시작했고, 이것이 또 거창한 일이라면 우리는 개별성으로 획득한 열쇠를 통해 세상에 난무하는 수수께끼 같은 일들을 하나씩 열어젖히는 일에 필요한 삶의 방식일 수도 있다. 개인적으로 나는 시 안에서의 개별성 역시 생존의 형식으로 읽힌다.

†

유리를 소재로 한 시를 읽을 때면 어딘가 선명하지 않지만 유리라는 존재를 스스로 어떻게 감각하고 있는가 다시금 확인하게 되는 일이 즐겁다. 시집 어디에서나 적혀 있을 정도로 빈번히 쓰이고 있는 이 유리라는 물질이 시대적으로 어떻게 감각하고 있는지 헤아려보면, 우리가 도달해 있는 현재에 대해서도 이야기할 수 있지 않을까. 유리가 관통하는 투명하다는 이미지는 위에서 언급한 근래에 자주 호명되는 시의 주소들과도 엇비슷한 맥락으로 해석된다. 투명하게 비추고, 어떤 경계를 그리는 도구로 쓰이면서도 그 너머를 바라볼 수 있다는 성질이 그렇다. 반대로 파괴되었을 때 깨지기도 하며, 깨진 쪽이 반짝일 수도 있다는 점, 깨지면서 다른 성질이 될 수도 있다는 점, 유리가 가진 단정함과 혼곤함의 양면성이 지금 우리가 살아가는 세계와 닮아 있다. 보이지 않는 것을 끊임없이 보기 위한 시선들이 유리로 맺히게 될 때, 우리는 유리가 가진 선연함 속에서 우리가 멈춰 서 있는 세계를 조감할 수 있다. 그것이 깨지는 경험과 유리를 만지는 경험, 유리에 묻은 얼룩과 그 너머로 바라보는 세계의 여러 이면들은 유리라는 중계자를 통해서만 표현이 가능했다. 어떤 아름다운 방향성에 대한 감각을 포기할 수 없으면서도 있는 그대로 묻어나 보이는 유리의 표면이 지금의 심정이기도 했기 때문이다. 안과 밖을 나누기도 하지만 새들은 그것을 분간하지 못하고 비행 중 머리를 박아 죽기도 하고, 안과 밖이 밀접해 있는 복잡한 세계 속에서의 난간이기도 하다. 동시에 여러 겹의 시공간이 흐르는 곳에서 우리는 이야기를 시작한다. 시를 약속한 주소들은 모두 그 혼란스러움을 토대로 한 세계 위에 있다.

†

　문학을 통해 한 시대의 얼굴을 빚어간다. 그로 인해 생긴 표정을 나눠 짓게 된다는 것이 기이하고 신기하다. 우리는 각자의 자리에서 개별적인 것을 쓰고 있지만, 그것이 한 시절의 문법으로 읽었을 적에 공동 자화상을 그려가는 일과 다르지 않다고 조심스럽게 생각해본다. 마주한 세계를 함께 통과하며 나란히 포개어졌던 자리와 엇갈렸던 자리의 윤곽으로 그린 얼굴. 시 안에서는 그것들을 한자리에 둘 수 있었다. 위에서 언급한 주소들이 우리를 개별적으로 만드는 것과 동시에 모두가 공평해지는 순간을 불러일으킨다는 점에서, 화분과 유리라는 오브제가 지닌 무해하고 투명한 질서를 통해 마주한 세계를 응시한다는 점에서 우리는 재구성되는 우리의 얼굴을 확인해볼 수 있다. 먼바다 풍경에서 보이는 이들이 구분되지 않듯이, 이름을 지워둔 채로 오롯이 작품을 조명하던 그 시간처럼 이름을 갖지 않았을 때, 비로소 보이게 되는 것을 말하는 순서가 개별성을 이야기하는 데 필요한 것인지도 모르겠다. 그 또한 생존에 필요한 일이라는 것도.

　신속하고 빠르게 도달할 수 있는 최단 경로 검색을 밀어두고, 함께 헤맬 수 있는 일을 자처하는 것은 문학이 일으키는 번거로움이자 가장 아름다운 일이 아닐까. 젊은 세대의 특권이나 특징으로 집약되는 것이 아니라 문학 자체로서 다가갈 수 있는 지혜이기를 바란다고 믿으며 지금껏 시를 써온 듯하다. 그런 희망은 어쩐지 쉽게 굽히고 싶지 않다. 이 미련한 마음이 언젠가 완성될 공동 자화상의 늙어가는 모습을 지켜볼 수 있다면 좋겠다. 새로운 얼굴, 새로운 표정이 탄생하는 동안에도 한 시절을 목격했던 유일한 몽타주로 제출할 수 있다면, 우리는 또 어떤 표정을 지을 수 있을까.

사랑의 무뢰배

†

    사랑에 대해 말하려고 할 때마다 주저하게 된다. 자세한 이야기는 만나서 하자고 둘러대듯이 물러섰다가 이내 생각의 수렁에 빠진다. 유한한 세계 속에서 내가 갈망한 것은 무한한 사랑이었으니까 자주 무기력할 수밖에 없었다. 그것에 대해서라면 꼭 대답하고 싶었는지 모른다. 그러나 사정은 여의치 않았다. 사랑이라는 개념에 대해 잘 알지 못했으며, 내가 경험한 장면들은 사랑을 설명하기엔 논리적이지 않았다. 사랑을 쓰고자 할 때마다, 마치 나를 가득 쥐고 있던 무언가가 나를 더 꼭 쥐는 것 같았다. 그래선 안 된다는 것처럼. 아직이라고 말하는 것처럼. 걸레에서 뚝뚝 구정물이 떨어지듯이 사랑에 다가설 때마다 초라하기 짝이 없었다.

    왜 시를 쓰느냐는 질문에는 섣불리 대답할 수 있었다. 잘 모르니까 알고 싶어서였는데, 그런 대답은 내 부연한 생활에 좋은 수수께끼가 되어주었다. 어쩌면 정답을 맞힐 생각이 없는 사람처럼 살았던 것이다. 다만 모르기 때문에 그만두는 것이 아니라, 나를 계속 추동하는 힘이 되어준다는 것에 이끌렸다. 이 모름지기 상태 앞에 헐벗고 서는 수치심이 되고 싶었다. 그러나 자주 스스로를 할퀴었고, 부끄러움을 느꼈고, 용서하지 못했으며 헤매는 일을 자처하기도 했다. 사랑은 줄곧 삶이 살아갈 만한 일이라고 말해주듯이 나타날 때마다 힌트를 보여주었다. 적절한 때에 나타나 전혀 예상하지 못한 곳에서 증발해버리고 마는 사랑을 쫓는 일과 다르지 않았다. 시 쓰기가 내게 그러했다.

내가 원하는 사랑은 그곳에 없다.

잡화점에서 산 연필 몇 자루와 작은 노트를 선물 상자에 담고, 예쁜 엽서 뒤에 쓴 진실한 문장으로 사람의 마음을 가져올 수 있다고 생각한 적 있었다. 나는 너를 좋아하는데, 너도 나를 좋아했으면 하는 공평함을 따질 때마다 사랑은 희박해졌다. 세상이 이해가지 않을 때, 모든 사람이 사랑받고 싶어 한다고 믿으면 섣불리 이해가 가지곤 했다. 선물을 몇 번 주고받고, 경치 좋은 곳에 가서 구경하고, 사진을 찍어 남겨두는 일로 사랑을 해찰할 때마다 나는 내가 원하던 사랑과 점점 멀어져만 갔다. 사랑이든 나든 누구 하나 고약해지지 않으면 끝나지 않았다.

내게로 잘못 하차한 것들의 사랑이 시작되었다.

나를 종착지로 생각하며 내린 것들이 아니라, 모두 나에게 잘못 내리거나 길을 잃어버린 것들. 그것은 내게 주는 상실감만큼이나 빗대기에 좋았다. 사랑의 은유로써 필요한 것들이었다. 이전보다 나를 더 구체적으로 설명할 때 유용했으니까. 머나먼 과녁을 향해 돌진하는 불화살처럼, 뜨겁게 데인 흔적을 남기기도 했다. 모든 사랑이 흉터를 근거로 한다는 것을, 때로는 승부수를 띄워야 할 때가 있다는 것을 알게되었다. 사랑인지 확인하고 싶어서 시체 같은 얼굴을 하고서 가려지지 않는 창백한 아침을 살아야 할 때도 있었다.

고통은 내 진밀한 마음을 할퀴고도 좀처럼 떠나지 않았다. 다 잘못 내린 것들이기 때문이었다. 내 것이 아니었어야할 고통까지도 내 안에서 붐비기 시작했고 나는 침묵을 배웠다. 그러다 나는 그들의 이름을 하나씩 지어다 불러주면서 배웅했다. 나를 떠나기를 환영했다. 그것은 내가 영원함을 믿지 않으면서 생기게 된 문법이었고 모국어였다. 그렇다면 결국, 나는 아프지 않기 위해 시를 쓰는 것일까. 사랑하는 것을 쫓는 단서가 되어가는 것일까. 그래서 결국 사랑을 모른다고 말할 거면서, 이 지난한 흉터 속에서 벗어나지 못하는 이유는 무엇일까. 왜 다짜고짜 찾아와서 가장 날카로운 것을 내밀며 사랑을 달라고 하는 것일까. 구걸하는 그 얼굴은 왜 내 얼굴인 것만 같을까.

†

하트 모양으로 빗물이 고여 있는 웅덩이를 본 적 있다. 우리는 그 웅덩이를 자세히 들여다보며 하트 모양 안으로 비치는 우리의 모습을 보며 실같이 얇은 웃음을 지었다. 그런 우연함이 보여주는 사랑은 쉽게 믿게 된다. 서로 계단을 쌓으며 힘겹게 오르는 사랑은 금세 의심하면서. 필연과 우연의 상상 속에서 우리는 실재하는 등장인물이 되어간다. 서로의 암실에 파묻혀 있던 진실을 현상하면서 거짓말 같은 사랑을 전개한다.

그러나 사랑이 헛것이면 어떠한가. 그 헛것이 비추는 선명하고 뚜렷한 얼굴은, 우연으로 빚은 손거울이나 다름이 없다. 문학이 나를 그런 식으로 들추는 동안, 나는 기꺼이 부응했다. 많은 것을 들키는 형식으로 사랑을 갈구하는 초라한 영혼까지 털린 것이다.

이제는 시에 대해 혹은 사랑에 대해 명료하게 말하고 싶다. 물리적인 마음은 점점 더 어리석게 되었으니 나보다 더 늙어버린 영혼도 있다. 숫자를 셈할 때마다 그동안의 경험은 물보라가 되어 사라지곤 했다. 시는 끊임없이 흔들리며, 의심하며 살 수 있는 행운을 준 것일지도 모른다. 노동자와 생활자의 견고한 반복 속에서 나는 그 찰나를 기대한다. 시가 뒤집어엎는 세계를, 시가 나를 해내는 상상을, 사랑이 나를 못살게 구는 장면을, 재판을 기다리는 잿덩이의 사랑을. 이 모든 사랑을 말하기 위해 아직 어떤 마음은 옹알이도 끝내지 못한 웅성거림이다.

나의 사랑은 천사가 잘못 빚어놓은 인간에게만 맺혀 있지 않다. 하찮게 태어난 사랑들이 여기저기로 이소하는 동안 나는 날아가는 방법을 잊어버렸고, 내 사랑은 나의 목소리를 알아듣지 못한 채로 새로운 둥지를 지었다. 내가 쓰려는 시는 그들의 이름을 목 놓아 부르는 일에 가깝다. 그러다가 엉뚱한 자가 돌아볼 때, 마음속에서 짓눌러 죽인 자가 다시 깨어날 때, 나를 떠난 지 오래된 나와 우연히 재회할 때가 있다. 그때에만 잠깐 켜지는 비상등으로, 물안개처럼 흐릿해진 나의 어둠을 응시한다. 어둠이 도사리고 있다는 두려움과 어둠 속에서 무언가 밝아져 올 것이라는 희망과 이 헛것을 얼

마 동안 계속 켤 수 있을지에 대한 걱정이 나를 흔들어 깨운
다. 내가 살아 있다고 알려주듯이. 어둠을 견딘 말들을 씻겨
다가 맑아진 풍경으로 날려 보낸다. 이때의 환영은 먼 입양
길을 떠나야 하는 배냇저고리처럼 희고 투명하다.

†

사랑의 모호함과 불가피함에서 태어난 나의 고통은 가
만히 칭얼거린다.

일찌감치 자신의 사랑을 산산조각 내버린 사람의 이야
기를 좋아한다. 일본의 젊은 시인 사이하테 타히의 시가 그
렇다. "내가 사랑한 모든 것은 반드시 나를 버려야 했다"(「헤
드폰의 시」) 이토록 단순한 구절이 내가 해결하지 못했던 미
완의 문제를 완벽하게 도려낼 수 있도록 돕는다. 사랑에게도
각오는 필요한가. 영원한 사랑이나 변함없는 사랑에 대하여.
사랑이 시작과 끝이라는 터널로 동시에 질주한다는 것, 어떤
어둠을 더 먼저 만나게 될지 모르는 그 긴박한 순간 속에서
사랑은 너무 많은 얼굴을 해찰하게 만든다. 꼭 그게 삶의 이
유라도 되는 듯이.

†

나의 필름 카메라는 아주 오래된 것이다. 내 곁에서 오
래된 것은 아니고, 오래된 것을 비싼 돈을 주고 샀다. 첨단

사회의 정교함 속에서 나는 흐릿한 것을 자처했다. 번거롭고 귀찮은 일들에 값을 지불하기도 했다. 그러면 조금 더 오래 기억할 수 있었다. 금세 휘발되는 수많은 자극 속에서 진짜 나를 찌르는 송곳은 붉은 녹을 켜고 있는 것들이었다. 시는 오래된 카메라처럼 첨단 시대의 정교함을 비집고 들어가 오래 간직할 수 있는 것을 포착한다. 그리고 그것을 스스로 설명하지 않는다는 점에서 마음에 든다.

내가 다니는 회사 앞에는 필름 카메라 전문점이 있다. 필름을 사진으로 인화해주는 작업뿐만 아니라 생산이 중단된 필름을 수급하여 판매하고, 소장 중인 오래된 카메라를 대여해준다. 무한한 세계의 일부를 유한한 방식으로 기억할 수 있다는 것은 매력적이다. 몇천만 화소의 카메라가 스마트폰에 장착되어 불티나게 판매되는 요즘에 시대를 거슬러 오래된 것에 천착하며 자신만의 기억법을 갖는다는 것도 꽤 번거롭지만 근사한 일이다. 그러나 좀 재미있는 풍경이 있다. 필름 카메라 전문점 앞에는 카메라를 들고 다 채우지 못한 필름을 채우기 위해 패잔병이 총을 난사하듯 사진을 급히 찍는 사람들이 많다는 것. 진짜 가지고 싶은 것을 위해 헛것으로 채우는 풍경까지도 지나치게 인간다운 느낌을 부여한다. 그 서성거림마저도 기록된 필름은 몇 시간 뒤 디지털로 인화되어 이메일로 전송된다. 파일의 형태로 무한 속을 부유하게 된다. 나도 그중 한 사람이다.

†

사랑의 무뢰배 틈에도 끼지 못하고 버려졌던 고양이가 작년에 내 품으로 왔다. 나는 고양이에 대해 별 관심이 없었는데, 털로 뒤덮인 채 여름과 함께 온 것은 나의 고양이였다. 태어난 날짜도 이름도 없었던 그에게 나는 이름을 불러주는 방식으로 하나씩 어울리는 것들을 만들어주었다. 사랑의 이름을 나눠 쓰기로 한 것이다. 우리는 서서히 함께 물들어갔다. 얼굴을 내 발목에 문대거나, 잘 때 꼭 몸 한구석 어딘가를 맞대고 자는 모습을 볼 때마다 나는 '알로 러빙, 알로 러빙' 하고 되뇐다. 고양이가 보여주는 사랑의 방식은 가끔 헷갈린다. 제멋대로며 상대방을 생각하지 않는 거침없는 방식이기 때문이다. 인간답지 않아서 좋고, 그 사랑을 온기로 느낄 수 있어 좋다. 인간보다 2도 정도 높은 체온을 내게 맞대며 알려준다. 나는 고양이에게 언제나 차갑다는 것을, 아니 항상 덜 따뜻하다는 것을.

†

나는 사랑의 진창 속에서 재난에 중독되었다. 소중한 존재를 생각하면 사랑과 재난은 하나의 단어로 읽힐 수밖에 없으니까. 속수무책으로 당할 수밖에 없다는 것이, 기쁨과 슬픔이 한꺼번에 익사했다가 떠오른다는 사실이 그렇다.

재난 속에서 나는 사랑했던 순간을 떠올린다. 그 사랑의 보온으로 나의 폐허를 지킨다. 사랑하는 순간도 재난도 되지 못하는 순간을 실연하며 살지만, 나는 그 장면 속에서도 작은 파국을 꿈꾼다. 인간다운 것은 지독하게 악랄한 것이고, 악랄함 속에서 인간답게 만드는 것을 쓰고 싶다. 되돌려주고 싶은 회송차의 기관사가 된 마음으로.

아마도 나는 또 사랑에 대해 말하려다 실패할 듯하다. 실패라는 반복에 익숙해지는 것은 아무럼 어렵다. 그 대목에서 사랑은 언제나 수많은 관문을 내게 만들어놓고는 나를 유인한다. 사랑이 주는 혼돈이 우리를 정확한 곳에 데려다 놓으려는 유인이라고 언젠가 산문에서 쓴 적이 있다. 그렇게 생각하면 마음이 편했기 때문에 글로 남겨두었다. 내 오랜 침묵의 유언처럼.

"강의 원천까지 거슬러 올라가며 사랑하는 일. 나를 불어나게 하는 모든 걸 사랑하는 일."(레이먼드 카버, 「물이 다른 물과 합쳐지는 곳」)

아직도 나는 나를 사랑하는 것보다 내가 사랑하는 것에 더 관심이 많다. 나를 더 많이 결정하는 것들이기 때문이다.

자주 헷갈리고, 이따금 속수무책이며 언제나 빼앗기는 쪽이 되어버리는 나는 사랑을 무뢰배쯤으로 여겼다. 서로 원하는 것을 가지지 않고 있는 상태로, 끝끝내 갖지 못하는 실패한 형태로 살아가는 것이 사랑의 궁극적인 얼굴이 아닐까 생각하며. 머지않아 천진한 얼굴로 다가올 사랑에 대해 항상 빼앗길 준비를 하고 있는 것만 같다. 시는 내게 무언가로 다가오는 듯하지만 내게서 빠져나간 것들의 진창이다. 사실 그

것이 마음에 든다. 이 진창 속에서도 돋보이는 무늬가 아름
다워 보인다. 침묵으로 돌올하게 새긴 시의 언어를 깨끗하
게 씻겨 어디론가 날려 보내는 일을 하며 사는 듯하다. 회복
하지 않아도 좋은 상처를 안고 산다는 것은 사랑이 내게 일
러준 일종의 구급법이다. 그게 곧 나의 무늬가 되어 이름보
다 더 선명한 표식이 되어간다는 것까지도. 이상하고 아름답
다. 이것이 내가 사랑의 무뢰배 속에서 무언가를 열심히 빼
앗기고 잃어가면서도 함께 배회하는 이유다. 시를 쓰는 이유
가 아니더라도, 사랑에 대답할 순서가 지났더라도 이제 사랑
의 무뢰배 속에서 꼭 지키고 싶은 것이 생겼다는 것은 도무
지 참을 수가 없다.

완성할 수 없는 한 문장

"온기가 단념하지 않도록"

메모장에는 완성되지 못한 문장들이 많다. 썰물 뒤 백사장에 남겨진 잔해들을 보는 기분이 든다. 어쩌면 나는 나도 모르게 거대한 유실물 보관 센터가 되어서는 두고 간 것들의 주인을 찾아주기 위해 안간힘 쓴다. 대부분은 시가 되지 못하고, 오래된 날짜만 간직한 채 잠들어 있는 문장이 많다. 그러면 꼭 무덤 같다. 어쩌면 나는 거대한 공동묘지가 되어서는 주인 없는 무덤에 애도를 표하는 것일지도.

2020년 4월 29일에 나는 "온기가 단념하지 않도록"이라는 단출한 문장을 메모했다. 이 문장만 끝나지 않았다. 무슨 생각으로 적어두었는지, 어떤 상황이었는지는 하나도 기억나지 않는다. 다만 무엇인가 될 수 있으리라 생각하며 적어둔 것은 틀림없다. 메모장에는 주로, 지금 내게 도착한 말들을 적는다. 적어두는 것만으로도 말을 경유하는 느낌이 들며, 내가 만나고 있는 것들이나 내가 되어가는 것들에 대해 생각할 수 있다. 이 말은 어쩌면 누군가에게 하고 싶었던 말이었는지도 모른다.

제목이 되었다가, 시의 첫 문장이 되었다가, 일기에 끼적였다가 그 무엇도 되지 않은 이 주인 없는 문장을, 나는 이 글을 통해 완성할 수 있게 되었다. 온기가 단념해버린 어떤 관계에서 빠져나왔고, 쓸쓸했고, 온기가 더는 단념하지 못하도록 나는 살고 있다. 온기가 무엇인데? 라고 묻는다면, 글쎄, 인간이 할 수 있는 가장 마지막 능력이라고 생각해. 라고 대답할 것이다.

코로나 때문에 사람들을 만나지 못하고, 우리는 끝도 없이 기나긴 터널을 걷는다. 아무것도 보이지 않아서, 서로의 온기로만 서로가 있음을 실감하는 그런 아득함 속에 있는 기분이랄까. 서로의 발을 밟지 않을 정도로 떨어져서, 그러나 같은 방향을 향해 가고 있다는 그 안도감 속에서 어둠을 분간해내는 우리의 삶이 정말 삶인가 싶기도 해서.

이 문장을 영원히 완성하지 말아야겠다는 생각이 들기도 한다.

우리에게 남아 있는 것이 온기뿐이라서 좋았다. 서서히 식어갈 때마다 온기를 돌이키기도 했다. 온기는 불빛과 다르게 다시 돌이킬 수 없는 것이었고, 싸늘해져 갈 때 우리는 끝났음을 예감했다. 냉기에도 온도가 있으니까.

"온기가 단념하지 않도록", 이 문장에 붙들려 있는 수만 가지의 나를 생각한다. 상실이 두려워 헤어짐을 짐작하지 않는 나와 보이는 것보다 보이지 않는 것을 더 믿게 된 나약한 나와 그럼에도 이 세상에서 할 수 있는 게 있다면 온기를 지녀 휘두르는 것이라고 믿게 된 나까지.

어떤 글이나 작품을 완성할 수 없었던 사연 같은 것이, 때로는 그럴 수밖에 없는 그 이야기만으로 충분하다는 생각이 들기 때문이다. 어떤 문장이 나를 찾아온 것 같은 기분.

그러나 나는 그 문장을 따라나설 수 없다. 그렇게 메모장에 미완성의 문장을 메모해두면 나는 조금 더 정확해진다.

　나는 거의 모든 시가 완성되지 않는 문장들이라고 생각한다. 미완성 중에 가장 완성된 모양. 그래서 우리가 틈입할 수 있고, 그 비어 있음까지도 언어로 읽을 수 있다고 나는 믿어온 것이 아닐까. 온기가 단념하지 않도록, 어떤 문장은 문단속을 하지 않고 잠든다.

발표 지면

「당신과 당신의 가장 예술적인 것」(웹진 《BeAttitude》 issue02
　　스테레오 타입, 2022)
「공동 자화상」(《다층》 2023년 봄호)
「사랑의 무뢰배」(《문학사상》 2022년 10월호)
「온기가 단념하지 않도록」(《GQ KOREA》 2021년 8월호)

참고 문헌

43쪽 비스와바 쉼보르스카, 「이혼」, 『충분하다』(2016, 문학과지성사)
102쪽 메이 사튼, 『혼자 산다는 것』(1999, 까치)
171쪽 데라야마 슈지, 『책을 버리고 거리로 나가자』(2005, 이마고)
207쪽 사이하테 타히, 「헤드폰의 시」, 『사랑이 아닌 것은 별』(2020,
　　마음산책)
210쪽 레이먼드 카버, 「물이 다른 물과 합쳐지는 곳」, 『우리
　　모두』(2022, 문학동네)

쓰기 일기

1판 1쇄 인쇄 2024년 3월 5일
1판 1쇄 발행 2024년 3월 22일

지은이 서윤후
펴낸이 김성구

책임편집 이은주
콘텐츠본부 고혁 조은아 김초록
디자인 이영민
마케팅부 송영우 김나연 김지희 강소희
제작 어찬
관리 김지원 안웅기

펴낸곳 (주)샘터사
등록 2001년 10월 15일 제1-2923호
주소 서울시 종로구 창경궁로35길 26 2층 (03076)
전화 1877-8941 | 팩스 02-3672-1873
이메일 book@isamtoh.com | 홈페이지 www.isamtoh.com

ISBN 978-89-464-2270-4 03810

값은 뒤표지에 있습니다.
잘못 만들어진 책은 구입처에서 교환해 드립니다.

샘터 1% 나눔실천

샘터는 모든 책 인세의 1%를 '샘물통장' 기금으로 조성하여 매년 소외된 이웃에게
기부하고 있습니다. 2023년까지 약 1억 1,200만 원을 기부하였으며, 앞으로도 샘터는
책을 통해 1% 나눔실천을 계속할 것입니다.